HÉLÈNE ET MATHILDE

HÉLÈNE ET MATHILDE

PAR

ADOLPHE BELOT

PARIS

F. ROY, LIBRAIRE-ÉDITEUR

185, RUE SAINT-ANTOINE, 185

1885

Au milieu de la foule on vit couchée sur un brancard une femme inanimée, morte...

DRAMES DE FAMILLE

PREMIÈRE PARTIE

HÉLÈNE ET MATHILDE

I

Par une belle matinée du printemps de 1870, l'année de la guerre, quatre personnes étaient réunies dans la villa de M. d'Auvray, le grand banquier franco-américain connu du monde entier. Tout bon Parisien eût aussitôt reconnu parmi elles un de ses peintres les plus aimés : Duvallon, officier de la Légion d'honneur, membre de l'Institut, soixante-deux ans, taille au-dessus de la moyenne, cheveux en broussailles, visage imberbe et coloré, yeux gris perçants, bouche spirituelle, physionomie sympathique, franche, expansive, mise négligée. Assis près d'une croisée ouverte sur le parc de la villa, caressant, pour l'engager sans doute à prendre patience, une pipe de terre qu'il n'osait allumer, il contemplait tour à tour le paysage qui se déroulait devant lui et une jeune femme étendue dans un fauteuil de l'autre côté de la croisée. Son admiration avait des motifs sérieux pour se partager ainsi : le brouillard, qui depuis le matin couvrait la Seine et bornait la vue de ce côté, venait de se dissiper, le soleil en dispersait les derniers vestiges et commençait à éclairer les collines étagées derrière la rivière. Un petit nuage blanc, souvenir des vapeurs de la nuit, poussé par une brise légère, s'en allait lentement à la dérive, diminuant peu à peu, pour disparaître bientôt et se fondre dans les rayons du soleil. En même temps tout s'éveillait dans la nature et saluait cette belle journée. Le fleuve coulait plus rapide et plus joyeux ; les dernières feuilles desséchées qui, jusque-là fidèles à la saison dernière, avaient résisté à l'action du vent, se détachaient enfin des grands chênes pour céder la place aux feuilles printanières ; des senteurs confuses s'échappaient des lilas, de l'aubépine, des violettes, s'épandaient dans l'air et montaient jusqu'à la villa ; les oiseaux secouaient leurs ailes encore humides de brouillard et volaient en chantant vers les branches les plus ensoleillées.

Ces harmonies, ces couleurs, ces aromes plongeaient le peintre dans une sorte d'extase dont sa voisine, avons-nous dit, pouvait seule l'arracher. Alors, faisant une courte infidélité aux arbres, aux nuages, aux lointains vaporeux, son regard se reportait vers le premier plan du tableau et il admirait encore.

L'objet de cette nouvelle extase était tout simplement sa femme, Virginie Duvallon, une délicieuse créature qu'il avait épousée quelques années auparavant, à l'époque de sa plus grande gloire, mais en même temps, au déclin de sa vie. Virginie avait alors de vingt-huit à trente ans. Un peu d'embonpoint ne détruisait ni la grâce de sa taille, ni celle de son buste élégant, quoique développé. Les traits du visage ne sont pas absolument réguliers. Le front est petit, le nez a des tendances à regarder le ciel, la bouche est un peu grande, mais les lèvres fortes où le sang abonde laissent admirer en s'entr'ouvrant des dents si blanches et si petites, le sourire est si franc et si gracieux, il y a tant de clarté, d'expression et de gaieté dans son regard, qu'elle séduit et qu'elle charme à première vue. Le teint est coloré, l'oreille petite, replète, avec des enroulements délicats. Les bras sont vigoureusement modelés, mais les attaches restent fines ; les mains un peu grasses ont de nombreuses fossettes. Le pied n'est pas en proportion avec le reste du corps, il est trop petit, de construction trop légère pour supporter le reste de l'édifice, mais nerveux, actif, il va, il vient, il court, il ne sait pas tenir en place, il aide sa maîtresse à dépenser, en courses folles, son exubérance de vie, à combattre les ardeurs d'un sang trop vif. Virginie est blonde, à la manière des femmes de l'école italienne, avec des tons chauds et parfois des nuances fauves, lorsque le soleil se joue dans ses cheveux épais. C'est bien la femme qui devait séduire un peintre, ou plutôt un paysagiste encore plus épris de la couleur que de la forme, de la fantaisie que de l'art classique ; mais ce n'était peut-être pas l'homme qui convenait à cette nature expansive et sanguine. Cependant le ménage paraît des plus unis : s'il y a discordance d'âge, les caractères s'entendent à ravir, et le cœur de cette charmante personne est fait pour comprendre l'âme élevée de l'artiste.

A quelques pas de Virginie se tient Hélène d'Auvray. La rare perfection des lignes de son visage, la structure de son buste, qui est délicat, sans pouvoir être accusé de maigreur, établissent un contraste complet avec l'esquisse que nous venons de faire. Quoique très brune, Hélène a des yeux bleus, ce qui lui donne de l'expression et de l'originalité. Le front est large, bien taillé, le nez mince, d'un contour aquilin, la bouche petite, avec un peu de duvet dans les coins, le teint pâle, la main et le pied aristocratiques, la taille fine, élégante. Elle a trente-six ans environ, mais la régularité de ses traits, leur perfection, permettent d'oublier son âge. L'automne de sa beauté rappelle non seulement les ardentes richesses de l'été, mais les splendeurs d'un printemps qui ne veut pas mourir.

Assise devant un guéridon couvert de petits ouvrages de femme, Mme d'Auvray les a repoussés loin d'elle et semble s'être isolée, par la pensée, des hôtes du salon. Son regard perdu dans le vide, la mollesse de sa pose, ses pieds jetés en avant, les bras abandonnés au hasard, accusent l'abattement d'une personne qui, absorbée par une idée fixe, n'a pas conscience de son être physique.

A quelques pas de ces trois personnages, le propriétaire de la villa arpente le salon et semble par son activité protester contre l'inaction de sa femme et de ses hôtes.

M. d'Auvray est un homme d'une cinquantaine d'années, grand, droit, d'une tenue correcte et presque sévère. Ses favoris, d'un blond vif, très larges et très fournis, jurent avec ses cheveux grisonnants ; à voir ses sourcils arqués et démesurément épais, on serait tenté de l'accuser de dureté, si le sourire franc et bon, l'œil clair et calme ne rassuraient aussitôt. Il a la parole brève, nette, facile, le geste libre, un peu sec. Malgré sa rudesse apparente, la sévérité de ses traits, sa façon de parler qui ressemble à un commandement, un absolutisme d'idées à toute épreuve, une volonté énergique, tous ceux qui le connaissent vantent sa bonté d'âme réelle, sa grande rectitude d'esprit et la noblesse de ses sentiments.

Chargé, dès l'âge de vingt-cinq ans, grâce à ses aptitudes spéciales, de représenter aux États-Unis une de nos principales sociétés financières, M. d'Auvray a passé plusieurs années de sa vie à New-York, s'y est créé de hautes relations, et est revenu à Paris fonder une maison de banque, qui jouit en Europe et dans tous les États de l'Union d'une grande considération et d'un crédit illimité. Sa vie de famille paraît digne d'envie : on prête à sa femme toutes les vertus domestiques, et il a une fille charmante dont tout Paris se rappelle encore le mariage brillamment célébré à la Madeleine.

Son hôtel est un des plus beaux de la Chaussée-d'Antin, et sa maison de campagne, comme nous venons de le voir, ne laisse rien à désirer.

Tout à coup, M. d'Auvray interrompit sa promenade, et jetant les yeux sur un cartel Louis XIV, suspendu dans le salon entre deux immenses vases japonais remplis de fleurs rares :

— Une heure et demie, dit-il avec impatience, ils ne peuvent être arrivés par l'express de ce matin, en admettant même qu'ils se soient reposés à Paris.

Ces paroles eurent le privilège d'arracher le peintre à son admiration. Il tira de sa poche une montre en argent des plus primitives, et la consultant :

— Tu avances de vingt minutes, dit-il, cher ami; j'ai toujours l'heure exacte. Il le faut; tu sais comme ma vie est réglée : quatre heures lever, quatre heures et demie descente à l'office; je mange ma soupette et j'allume Ernestine.

— Esnestine? fit M. d'Auvray en se rapprochant.

Virginie Duvallon se mit à rire et expliqua qu'Ernestine était la pipe de son mari et qu'il l'avait sans doute surnommée ainsi en souvenir d'un péché de jeunesse.

— A cinq heures précises, reprit Duvallon sans daigner s'expliquer sur Ernestine, mon chevalet est dressé dans la forêt, mon parapluie planté en terre, je m'assieds sur pinchard et je pioche mon étude du matin. Pensez donc! une minute de retard m'empêcherait de saisir les effets du soleil levant sur mon bois de bouleaux. Voyons, voyons, ne sois pas impatient comme cela. Je t'assure que tu retardes; j'ai réglé ma montre hier.

— Hier! s'écria d'Auvray, j'attendais le courrier d'Amérique. Il m'apportait un triomphe ou un désastre, selon que ma maison de New-York avait ou non reçu à temps mes derniers avis. Je n'ai pas même regardé la pendule. Aujourd'hui, je compte les minutes parce que j'attends ma fille. Elle m'écrivait cependant tous les jours et elle revient en pleine santé et en plein bonheur, après un voyage de plusieurs lunes de miel avec son mari. Comprends-tu cela, toi qui peins les bêtes?

— D'abord les bêtes ne sont pas ma partie, répliqua Duvallon. Je fais le paysage et non le portrait. Ensuite, je te comprends parfaitement : je suis comme toi quand j'attends Virginie.

— Virginie n'est pas ta fille.

— Il vaut donc mieux, fit observer Mme Duvallon, être votre fille que votre femme?

— Parbleu! reprit d'Auvray en riant, je n'ai épousé ma femme que pour avoir ma fille; l'une est le moyen, l'autre est le but. Des rêveurs comme vous autres peuvent seuls trouver au mariage quelque valeur. Supprimez l'enfant, la femme n'est rien.

Duvallon et Virginie se tournèrent vivement vers Mme d'Auvray, afin de la prendre à témoin qu'ils ne partageaient pas l'opinion de son mari, mais Hélène, toujours plongée dans ses réflexions, n'avait rien entendu.

— C'est d'Amérique que vous avez rapporté ces belles théories? demanda Virginie décidée à protester.

— Peut-être, reprit le banquier, les Américains seuls comprennent la vie. Go ahead! En avant! Au but! Toujours tout droit!

— Et les obstacles?

— On les supprime.

— Yankee! fit Duvallon.

— Moitié Yankee, moitié Parisien. A cheval sur les deux mondes; mais je penche d'un côté.

Virginie, qui s'était levée depuis un instant, s'approcha de M. d'Auvray et lui dit :

— Savez-vous ce qu'on affirme? Vous prenez les millions comme votre grand-père prenait les Anglais, à l'abordage, et vous les risquez avec autant d'indifférence qu'il risquait sa vie et celle de son équipage pour accomplir un nouvel exploit.

— Toutes les guerres se ressemblent, répliqua le banquier.

— C'est donc la guerre que vous faites?

— Pas autre chose.

— Et cela vous amuse?

— Voilà bien une question de femme! Ne faites-vous pas la guerre, vous aussi, à coups de dentelles, de toilettes et de diamants? Cela vous amuse-t-il d'éclipser vos rivales, d'attirer les regards, d'exciter l'envie? Bataille partout! Au plus fort!

— Et, demanda Duvallon toujours assis, tu ne te lasses pas de cette lutte, qui, après tout, n'a que des millions pour résultat?

— Les millions! je m'en moque bien. Me croirais-tu, par hasard, atteint de la vanité de la richesse, la plus bête de toutes? L'orgueil, oui, l'orgueil de ma force, l'orgueil de mon œuvre! Sais-tu que dans cette grande industrie, la reine du monde, et dont je suis l'un des rois, il suffit d'un mot de ma bouche, d'un signe de ma main, pour faire affluer les capitaux autour de mon idée, comme jadis les grands batailleurs, armés en guerre, voyaient accourir sous leur guidon tous les avides de renommée, tous les chercheurs de horions, tous les ardents au butin? Sais-tu qu'à ma voix, à mon geste, à mon souffle, ces capitaux, ces millions, que tu me reproches d'accumuler, roulent, naviguent, circulent, creusent le sol, coulent le fer, barrent les fleuves, arrosent les déserts, dessèchent les marais, centuplent les richesses du monde, et reviennent de tous côtés, multipliés en piastres, en dollars, en guinées, comme le sang qui se retrempe au cœur, pour vivifier de nouveau. Sais-tu, enfin, misérable artiste, que ma caisse est un des centres nerveux du monde ! Les empires s'écroulent et je reste debout. Tu me demandes si je suis las de cette lutte, demande-moi plutôt si je suis las d'exister.

Duvallon, étourdi par cette sortie et cette longue tirade, ne répliqua rien, mais son sourire semblait dire : — Tout cela ne vaut pas à mes yeux un rayon de soleil dans les arbres. L'industrie coupe les bois, et moi je les fixe à jamais sur la toile; je les rends immortels.

Quant à Virginie, elle s'était approchée de Mme d'Auvray et lui disait :

— Vous ne parlez pas, vous ne souriez pas. Vous êtes triste comme si Mathilde partait au lieu de revenir.

— Triste! mais non, fit Hélène, arrachée à ses réflexions et relevant la tête.

Duvallon vint au secours de Mme d'Auvray, et prenant sa femme à partie :

— Tu comprends seulement, lui dit-il, les joies qui font du bruit. Mais les grands bonheurs sont comme les eaux profondes, silencieux et recueillis. C'est l'A, B, C du paysagiste. Les petits ruisseaux seuls font du tapage, en roulant sur les cailloux, et jabotent leurs affaires à tous les passants.

Hélène avait eu le temps de se remettre. Elle s'était levée, et s'adressant à Mme Duvallon :

— Ne m'en veuillez pas, Virginie, lui dit-elle, je suis préoccupée, en effet. Je pense à ce que je vais retrouver de ma fille dans la jeune femme qu'on me ramène.

M. d'Auvray se rapproche et, moitié riant, moitié grondeur, il lui dit :

— En deux mots, comme toutes les mères, tu es jalouse de ton gendre. Je m'en doute depuis longtemps.

— Jalouse! fit Hélène.

— Tu ne voulais pas marier Mathilde, reprit le banquier, tu as cherché toutes les raisons imaginables pour m'empêcher de la donner à ce jeune homme qu'elle aimait. Tu as nié jusqu'à son talent.

A quelques pas de Virginie se tient Hélène d'Auvray.

— Mon meilleur élève! fit Duvallon en se tournant indigné vers Mme d'Auvray.

— Talent, continua le banquier, dont je me moque, du reste. Qu'il rende ma fille heureuse, c'est tout ce que j'exige de lui. Si je n'avais opposé à tes hésitations ma volonté...

— Américaine, dit Virginie.

— Si je n'avais enlevé ce mariage comme j'enlève mes affaires de commerce ou de finance...

— A l'abordage, acheva Mme Duvallon.

— Nous aurions ici une fille pâle, languissante, mourante peut-être, au lieu de la belle et riante créature que nous allons revoir tout à l'heure.

— Que vous allez revoir tout de suite, s'écria le peintre, car j'aperçois là-bas, sur l'avenue, une voiture qui...

Il ne put en dire davantage. D'Auvray avait franchi le perron avec une agilité surprenante pour un homme de son âge, et s'était élancé dans le parc. Quant à Hélène, après avoir paru hésiter un instant, elle se décida à suivre son mari; mais au moment de sortir, se tournant vers Virginie et Duvallon :

— Ne venez-vous pas avec moi? leur demanda-t-elle.

— Nous restions ici par discrétion, fit le peintre.

— Pour ne pas troubler vos épanchements de famille, continua Virginie.

— Venez, venez, dit vivement Mme d'Auvray, et elle les entraîna.

Quand ils rejoignirent Mathilde, elle était déjà dans les bras de son père, qui l'avait enlevée de voiture, sans lui donner le temps de descendre.

II

Cette exaltation paternelle chez un homme froid, réservé, dont le cœur ne paraissait pas renfermer des trésors de tendresse, doit être expliquée. Lorsque, dans sa conversation précédente, M. d'Auvray avait dit en riant : « La femme est le moyen, l'enfant est le but, » il n'avait fait qu'exprimer, sous une forme plaisante, le fond de sa pensée. Certains hommes, tout entiers à de grandes idées et d'un tempérament froid, sans besoin d'expansion, donnent à la femme une très petite place dans leur vie. Tandis que l'artiste, l'écrivain, le peintre, la recherchent toujours, au moins moralement, parce qu'elle est admirablement douée pour comprendre leurs idées, leurs espérances, pour s'émouvoir et s'enthousiasmer avec eux, les hommes dont nous parlons, hommes de chiffres pour la plupart, peuvent vivre repliés sur eux-mêmes et n'être communicatifs qu'avec leurs associés ou leurs commanditaires. Si, par mégarde, ils initient une femme à leurs conceptions financières, à leurs calculs, s'ils lui permettent d'ouvrir leur livre de caisse, ils courent souvent le risque d'être incompris. Aussi l'intimité féminine ne leur étant nécessaire, ni au point de vue moral, ni au point de vue physique, ils n'ont une maîtresse que pour satisfaire à la mode, et, s'ils se marient, c'est afin de voir leur maison tenue par une personne autorisée, ou, parfois, dans l'espoir de faire souche et delaisser leur fortune à des héritiers naturels.

M. d'Auvray, le jour où il épousa Hélène, obéit, sans se l'avouer, à ces seuls motifs. A trente ans déjà très riche, très répandu dans le monde, obligé à une certaine représentation, il crut devoir se marier et il choisit une jolie femme, parce qu'il avait par instinct le sentiment du beau, et que sa fortune lui permettait de choisir. N'avait-il jamais aimé cette belle Hélène que les salons parisiens se souviennent d'avoir fêtée pendant dix ans ? Sans doute il l'avait aimée, mais à sa manière, froidement, correctement, sans pouvoir, même dans le tête-à-tête, s'isoler de ses affaires et sacrifier le banquier à l'amant.

Peut-être qu'avec une tendresse expansive, une nature en dehors, des élans et de la chaleur, Hélène serait parvenue à vaincre cette réserve, à fondre ces glaces. Mais elle s'était mariée à dix-sept ans, sans expérience de la vie, ignorante de tout et d'elle-même. Sa nature, absolument opposée à celle de son mari, ne devait se développer que plus tard ; son imagination, des plus vives, était encore à l'état latent et attendait pour s'embraser le rayon de soleil ou le rayon d'amour promis par le poète.

Ils vécurent donc longtemps, heureux en apparence et croyant l'être, inconscients de ce qui leur manquait, et en parfait accord. La dose de tendresse qu'ils avaient l'un pour l'autre suffisait amplement à chacun d'eux ; leurs cœurs étaient pleinement satisfaits. Mais, un jour, Hélène ayant mis au monde une petite fille, les rayons dont nous parlions jaillirent tout à coup, les brouillards se dissipèrent, son cœur se fondit, son âme, encore confuse, s'éclaira par enchantement. Elle comprit la tendresse autrement qu'elle ne l'avait comprise jusqu'alors, et elle eut d'immenses besoins d'expansion. Son enfant ne put suffire à remplir sa vie ; il lui fallait quelqu'un à qui confier son bonheur, ses joies nouvelles, une main à presser, un cœur à serrer contre le sien. Elle regarda autour d'elle, vit son mari et s'élança vers lui en criant : « L'amour maternel vient de m'illuminer ; il m'initie à toutes les joies ; nous ne les avons pas encore goûtées, nous ne nous sommes pas aimés jusqu'ici ; aimons-nous. »

M. d'Auvray ne comprit pas ce langage trop brusque, trop imprévu. Il n'était pas préparé à cette flamme subite ; son cœur ne pouvait contenir tant d'amour. Celui qu'il ressentait, de son côté, depuis quelques jours, l'absorbait suffisamment. En effet, ses glaces s'étaient fondues aux premiers cris de son enfant : le banquier s'effaçait enfin devant le père. Il aimait ardemment la petite fille qui lui était née ; le sentiment paternel avait envahi son âme avec une force inouïe et allait remplir sa vie, dominer toutes ses autres facultés. Il était père, cela lui suffisait, tandis qu'Hélène, depuis qu'elle était mère, comprenait le mariage d'une autre façon, et aurait voulu partager ses enthousiasmes entre son mari et son enfant.

Mathilde d'Auvray grandit entre ces deux tendresses : l'une absolue, l'autre relative ; entre ces deux cœurs, dont l'un lui appartenait d'une façon complète, dont l'autre s'était seulement à moitié livré, et cherchait à se partager. Avec cette merveilleuse intelligence de l'enfant, elle comprit vite que, d'un côté, elle trouverait un abandon sans bornes, une abnégation de tous les instants, une affectueuse tyrannie à exercer ; que, de l'autre, il y aurait des résistances et des réserves. Aussi d'instinct, sans le vouloir, elle garda pour son père ses plus grandes expansions, ses câlineries les plus charmantes, ses caresses les plus filiales, et, bientôt, Hélène, séparée déjà de son mari, se sentit, peu à peu, séparée de sa fille.

III

Après s'être retirés, quelques instants, dans l'appartement qui leur avait été réservé, Marcel et Mathilde rejoignirent au salon M. et Mme d'Auvray, Duvallon et sa femme.

Mathilde tient de son père et de sa mère pour la nuance des cheveux : elle n'est, à vrai dire, ni blonde, ni brune, mais ces deux couleurs tranchées sont fondues en une seule, qu'il serait difficile de classer, et qui a beaucoup de pittoresque et d'éclat. Au premier abord, on croirait les traits de son visage calqués sur ceux de sa mère ; c'est la même pureté de lignes. Après un court examen, on reconnaît cependant que, chez Mathilde, la physionomie est plus ouverte, le sourire mieux dessiné, le front plus large, le menton moins arrondi, le regard plus direct, et les sourcils vigoureusement tracés comme ceux de son père. M. d'Auvray semble lui avoir donné sa fermeté, son énergie, sa volonté américaine, comme disait Virginie. Il a complété la beauté qu'elle tenait de sa mère en arrêtant davantage les lignes, en affermissant les contours.

Mathilde a beaucoup plus d'embonpoint qu'Hélène, mais la taille reste ronde et svelte, les hanches délicates, la poitrine ferme. Elle est surtout gracieuse au possible ; elle plaît par ses façons de se lever, de marcher, de s'asseoir. Si, à première vue, on la déclare une jolie femme, lorsqu'on lui a parlé, on la tient pour une des plus séduisantes personnes qui existent.

Quant à Marcel Berthier, son mari, on ne pouvait pas dire de lui : « C'est un joli garçon, » mais la plupart des femmes disaient : « Il plaît, » et beaucoup d'entre elles avaient ajouté : « Il me plaît. » Il est de taille moyenne, bien prise, élégant de manières, recherché dans sa mise, sans exagération. Épargné par cette infirmité, si répandue de nos jours, la calvitie, il possède des cheveux d'une nuance blonde très distinguée, et il porte, suivant la mode de quelques peintres, toute sa barbe taillée en pointe, avec les moustaches retroussées, ce qui le fait ressembler vaguement aux portraits qui nous sont restés de son illustre maître Rubens. Les yeux sont bleus, les dents blanches, la main longue et très soignée, le pied petit. Mais cet ensemble est un peu efféminé ; il n'y a pas assez d'énergie dans le regard ; le geste est trop moelleux ; si la voix est harmonieuse, si elle charme, on peut lui reprocher de n'être pas assez timbrée, de manquer d'autorité ; elle saurait certainement persuader, elle serait inhabile à commander.

D'Auvray, sans prêter la moindre attention à son gendre, ne se lassait pas d'admirer sa fille.

— Vois donc quel changement, disait-il à Duvallon en lui désignant Mathilde, reconnais-tu ta filleule ?

— Le glacis de l'amour, mon ami, répondait philosophiquement le peintre, la dernière touche de la nature. Après cette touche, la femme est finie, on peut l'envoyer à l'Exposition.

Mathilde s'était approchée de Duvallon et de Virginie, et leur prenant les mains :

— Chers amis, disait-elle, j'étais bien sûre de vous trouver ici.

— Hélène nous avait annoncé votre retour, répondit Virginie. C'était un appel.

— Duvallon et Virginie à la rescousse! s'écria le peintre. Une joie nous arrive, venez en prendre votre part.

— Absolument comme si c'était un malheur, fit d'Auvray en souriant.

— N'avons-nous pas toujours partagé ensemble, c'est-à-dire que j'ai tout reçu et rien donné, répliqua Duvallon, qui se mit à caresser Ernestine, pour cacher son attendrissement.

— Que c'est bon de revenir! disait Mathilde. J'ai cru que nous allions faire le tour du monde. Il y avait toujours devant nous un paysage, un musée, qu'il était indispensable de visiter..... Papa, tu as eu tort de me faire voyager avec un artiste.

— Au moins rapporte-t-il des croquis? demanda d'Auvray

— Il n'a pas touché un crayon, répondit Mathilde.

— Le lendemain de mon mariage, fit observer Duvallon, je me remettais à la besogne. J'ai passé la lune de miel dans mon atelier et j'ai fait poser ma femme.

— Je vous conseille d'en parler, s'écria Virginie; j'ai posé pour une Ophélia, au milieu des nénuphars;

D'Auvray, qui était d'une humeur charmante depuis l'arrivée de sa fille, se mit à rire; puis, se tournant vers Mathilde :

— Tu sais, lui dit-il, que nous passons l'été ici, tous ensemble. Duvallon nous sacrifie Ville-d'Avray.

— A la bonne heure! fit Mathilde. Maman m'avait écrit...

— Ta mère ne sait ce qu'elle dit. C'est tout bonnement une bourgeoise. Elle m'a défilé un chapelet de raisonnements plus impossibles les uns que les autres, sur la question des filles et des mères, des beaux-pères et des gendres, pour me prouver que nous devions vous installer à Maisons-Laffitte et retourner à Paris.

Mathilde ayant protesté contre une telle pensée, d'Auvray, fort de l'assentiment de sa fille, continua :

— Tu comprends, il n'y avait qu'une manière de répondre à des arguments de cette force. C'était de procéder immédiatement à notre installation. Il me suffit de quelques heures par jour à Paris, pour donner le coup d'œil du maître et décider les grandes affaires avec mon associé. Aussi ai-je tout arrangé pour être libre, et passer, avec vous tous, une saison charmante.

Tout en parlant, le banquier venait de se dire qu'il serait peut-être convenable, au moins pour la forme, de consulter son gendre, et s'adressant à lui :

— J'espère, monsieur l'artiste, dit-il, que vous ne vous opposerez pas à mes projets?

Marcel, préoccupé depuis son arrivée, n'avait pas prêté grande attention aux paroles de son beau-père; il ignorait de quels projets celui-ci voulait parler. Mais il tourna la difficulté en s'empressant de répondre :

— Tout ce qu'il vous plaira, tout ce que Mathilde pourra désirer a d'avance mon assentiment. Ma vie lui appartient.

Cette réponse, un peu solennelle pour la circonstance, passa inaperçue, grâce à Duvallon, qui s'écria joyeusement :

— Voilà comment je les élève! On croit que je donne des leçons de peinture. Eh bien! non : je prépare des maris pour les filles de mes amis. A propos de peinture, continua-t-il en prenant le bras de Marcel, viens voir l'atelier que d'Auvray t'a fait construire. C'est tout simplement splendide.

Cette nouvelle ne produisit pas sur Berthier l'effet attendu; elle parut, au contraire, l'embarrasser, et, par un regard lancé à son beau-père, il essaya de protester contre les bienfaits dont on l'accablait. M. d'Auvray crut comprendre les sentiments auxquels son gendre obéissait, et s'écria :

— Vous me reprochez les splendeurs de cet atelier, célébrées par le lyrisme de Duvallon. Pourquoi ces fiertés-là entre nous? Je ne vous ai pas caché que, déjà riche et décidé à ne pas me retirer du courant des affaires, nécessaire à ma vie, j'étais exposé à devenir plus millionnaire encore. Il faut en prendre votre parti et ne pas me chicaner sur l'emploi de mon argent, dont je ne sais que faire. Pour qui le dépenserais-je, si ce n'est pour mes enfants?

— Pour vos enfants! C'est vrai. Pardonnez-moi, répliqua Marcel.

Il parut faire un effort pour chasser certaines pensées, et prenant le bras de Duvallon :

— Allons voir l'atelier, mon maître, lui dit-il presque gaiement, et demain au travail! car je finirais par oublier vos leçons.

Duvallon, enchanté d'avoir un prétexte pour sortir et allumer enfin Ernestine, s'empressa de suivre son élève.

— Singulier garçon ! ne put s'empêcher de murmurer d'Auvray en voyant Marcel s'éloigner.

Mathilde l'avait entendu, elle se rapprocha de son père et lui dit :

— Laisse-le vivre à sa guise ; les artistes ont leurs susceptibilités.

— Mais je ne lui en veux pas, ma chère enfant, répliqua le banquier ; je comprends ce qu'il éprouve aujourd'hui, comme j'ai compris ce qui l'empêchait autrefois de me demander ta main, ce qui l'a fait hésiter un instant, rougir et balbutier, quand je lui ai dit : « Marcel, je ne suppose pas que le seul attrait de ma partie de whist vous attire tous les jours à la maison. Rassurez-vous, ma fille vous aime. »

— Il a hésité, vraiment? demanda Mathilde un peu songeuse.

La gaieté communicative de Virginie dissipa ce nuage.

— Certainement, il a hésité, s'écria-t-elle, comme il hésite encore à accepter le luxe dont votre père veut l'entourer. Une délicatesse exagérée, mais si rare de nos jours ! Soyez-en fière, puisqu'il est votre mari, malgré ses scrupules. Cela prouve l'étendue de son amour.

— C'est juste, fit Mathilde, et se tournant vers sa mère : Est-ce ton avis, maman? lui dit-elle.

Mme d'Auvray répondit affirmativement.

— Tu es donc, continua Mathilde, réconciliée avec les artistes, qui songent seulement, me disais-tu, à leurs œuvres, à leurs rivalités, à leur gloire, et ne peuvent pas faire de bons maris?

— Je t'ai dit alors, répondit Hélène, ce que je devais te dire. Tu ne m'as pas écoutée; tu as ri de mes craintes. C'est toi qui avais raison, puisque tu es heureuse ; sois-le toujours, sois aimée. Je ne sais pas le nombre de jours qui me restent, mais je les donnerais tous, avec joie, pour qu'un chagrin ne t'atteignît jamais.

Mathilde se pencha sur sa mère, et l'embrassant au front :

— As-tu besoin de dire cela? murmura-t-elle. Est-ce que je ne sais pas que tu es ma bonne mère? Et moi donc, crois-tu que je ne ferais pas tout pour t'éviter une peine?

Ces effusions de tendresse ne pouvaient convenir à Virginie :

Duvallon vint au secours de M⁻ᵉ d'Auvray, et prenant sa femme à partie...

— Pour l'amour de Dieu, s'écria-t-elle, pas de sentiment! Les larmes, c'est bon quand on part, mais non quand on arrive.

— En effet, et vous me rappelez que j'oublie mes devoirs de maîtresse de maison, fit Mᵐᵉ d'Auvray.

— Et moi mes fonctions de rapin, ajouta Virginie. J'ai à sortir de leurs cartons les instruments de travail de mon maître.

Mᵐᵉ d'Auvray se leva, rejoignit Mᵐᵉ Duvallon, et toutes deux s'éloignèrent.

IV

A peine Mathilde fut-elle seule avec son père, qu'elle courut à lui, le rejoignit sur le canapé où il était assis et, prenant sa tête à pleines mains, déposa plusieurs baisers sur son front. Se souvenant sans doute d'avoir embrassé sa mère, quelques minutes auparavant, elle se dépêchait de donner à M. d'Auvray la part de caresses qui lui revenait.

Cette dette filiale une fois payée, elle se disposait à s'asseoir sur le canapé, lorsque se ravisant tout à coup, elle se mit à parcourir le salon, à examiner chaque meuble, chaque objet, à faire des remarques sur tous ces vieux amis qu'elle retrouvait après une longue séparation : « Ce tableau n'était plus à la place où elle l'avait laissé. Ce cadre avait été redoré. Cette statuette faisait mieux devant cette glace. »

Puis, elle revenait vivement auprès de son père, semblait vouloir lui parler, et se contentant de l'embrasser de nouveau, elle courait à la croisée et admirait le parc : « Quelle bonne idée on avait eue de placer sur la pelouse ce beau vernis du Japon, d'agrandir le massif de rhododendrons, et là-bas, tout là-bas, à droite, d'élaguer le bouquet d'arbres qui, l'année précédente, commençait à cacher les coteaux de Sartrouville ! »

M. d'Auvray suivait des yeux tous ses mouvements et l'écoutait bavarder de la sorte, sans lui répondre, dans la crainte de perdre une seule de ses paroles.

Cependant, l'espèce de cercle qu'elle traçait dans le salon diminuait d'étendue, elle prêtait moins d'attention aux objets extérieurs, se rapprochait visiblement de son père et paraissait décidée à prendre la parole sans savoir comment aborder le sujet. Elle tournait, en un mot, autour de la situation, mais, à chaque instant, le circuit devenait moins grand.

Enfin, elle marcha droit au canapé, s'assit, et, penchant sa jolie tête sur l'épaule de son père :

— Papa, lui dit-elle, j'ai une confidence à te faire.

— Je m'en doute depuis un quart d'heure, répondit M. d'Auvray en souriant.

Pendant une minute encore elle resta silencieuse, puis, brusquement, elle reprit avec un soupir :

— Je ne suis pas heureuse !

— Toi ! s'écria M. d'Auvray, en essayant de la regarder, pour savoir si elle parlait sérieusement.

— Oui, moi ! fit-elle, mais avant tout, promets-moi que ma mère n'en saura rien.

— Qu'est-ce donc ? demanda-t-il étonné.

Sans lui répondre directement, elle rétablit la pose, que M. d'Auvray avait un peu dérangée pour la regarder, et continua :

— Oui, personne, pas même ma mère, ne doit savoir ce que je vais te dire. Tu comprends : je suis ta fille, je suis fière ; mon mariage s'est fait parce que tu l'as voulu, mais tu l'as voulu parce que je l'ai désiré. Si je souffre un jour, je ne puis m'en prendre qu'à moi. Je veux bien me le dire à moi-même, mais je ne veux pas que d'autres me le disent ; je ne veux pas surtout faire souffrir maman qui serait, j'en suis sûre, plus malheureuse que moi.

M. d'Auvray commençait à être inquiet.

— Que me dis-tu là ? s'écria-t-il.

Mathilde le retint encore et ajouta :

— D'abord je crois bien que je m'étais fait du mariage une idée trop ambitieuse. Les hommes ne nous aiment pas comme nous les aimons.

Ces paroles rassurèrent M. d'Auvray. « Bon, se dit-il, je vois ce que c'est. Ue premier nuage dans le ciel bleu. Tâchons de le dissiper. » Aussi, prenant les mains de sa fille, il s'écria gaiement :

— Depuis que le monde existe, chère enfant, l'homme se plaint de la femme et la femme se plaint de l'homme. Les deux sexes ne réalisent l'accord parfait que dans ce concert de lamentations. Laisse là tes rêves, ma chérie ; nous sommes sur la terre, où rien n'est parfait, pas même nous.

Elle se leva et se plaçant devant lui :

— Je comprends, dit-elle, tu me crois exigeante. Eh bien ! non, je fais la part de tout ; je sais bien qu'il ne peut passer sa vie à me parler de son amour.

— Pourquoi pas? Je le vois, au contraire, assis à tes pieds, sa main dans ta main, ses yeux sur les yeux, répétant sans cesse : Je t'aime! je t'aime! je t'aime!

— Si tu te moques de moi, je me tais et je garde mes peines.

Cette menace effraya M. d'Auvray. Il n'attachait pas une grande importance au secret qu'on voulait lui dire, mais il n'avait pas le courage de se priver d'entendre sa fille parler, d'écouter ses confidences, de la conseiller, de la consoler peut-être, de presser ses mains dans les siennes. Aussi répondit-il :

— Je ne ris plus, dis-moi tout. Ton mari ne t'aime pas comme tu voudrais être aimée?

— Écoute; il y a des instants où je crois qu'il ne m'aime pas du tout.

— Folle! pourquoi t'aurait-il épousée?.

Elle reprit sa place à côté de son père et lui dit :

— Oui, cette pensée m'arrête : ma fortune, il a voulu me la laisser tout entière et il souffre, tu le vois toi-même, quand tu le forces d'accepter quelque chose. Ce n'est pas de sa délicatesse, ce n'est pas de sa loyauté que je doute; c'est de son amour, et ce doute me désespère. Vois-tu, père, je devine, je sens, je suis sûre qu'il y a un obstacle entre nous.

— Un obstacle! répéta-t-il.

— Une pensée, un souvenir peut-être. Et, portant la main à son cœur, elle ajouta : Je le sens là.

— Prends garde! mon enfant.

Elle sourit tristement et continua :

— Oh! ce n'est pas mon imagination! Je me suis dit, comme toi, que je me créais peut-être une chimère; que souvent avec des craintes exagérées, on se faisait une sérieuse douleur. Alors, j'ai fait taire mes doutes, mes sensations, mes pressentiments. Je l'ai observé : j'ai étudié ses regards, ses gestes, les moindres mouvements de son visage.

— Eh bien? demanda M. d'Auvray.

— J'ai vu en lui des choses que je ne puis... ou plutôt que je crains de comprendre. On eût dit qu'il faisait des efforts pour me parler, pour me sourire. Dans d'autres moments, il restait près de moi, distrait, préoccupé; puis, tout à coup, comme pris d'un remords, il me pressait dans ses bras, il m'appelait des plus doux noms, il me prodiguait les plus tendres caresses, et, bientôt, s'il me quittait et que je pusse l'épier, je le voyais marcher sans but, triste, songeur, accablé pour ainsi dire. Souvent, je l'ai surpris, attachant sur moi un regard dans lequel il y avait comme une expression de douleur. Un matin même qu'il me contemplait ainsi, je m'éveillai tout à coup, et je vis dans ses yeux une larme.

— Larme de joie sur son bonheur, fit observer M. d'Auvray. Les artistes sont enthousiastes comme les jeunes filles.

— Non, non, dit-elle; il y a entre nous une image qui se dresse, et cette image... c'est celle d'une femme. Tantôt elle le domine, tantôt il la repousse... Il voudrait m'aimer et il ne peut pas.

M. d'Auvray regarda Mathilde sérieusement cette fois et lui dit :

— Quel roman brodes-tu là?

Elle répliqua vivement :

— Ce n'est pas un roman. Tout ce qui se passe dans son cœur, je le ressens dans le mien. Peut-il en être autrement quand on aime?

— Et tu ne lui as jamais confié tes craintes?

— Il me faut une certitude. Le jour où je lui parlerai, je veux qu'il me dise tout. Si je ne lui exprimais que des soupçons, il chercherait à me détromper peut-être. Je ne veux pas l'exposer à mentir. Je ne le croirais pas et je l'estimerais moins.

— Une certitude! Mais, chère folle, s'il n'y a rien de vrai dans tout cela, s'il n'y a entre vous qu'un fantôme, créé par toi, quelle certitude veux-tu acquérir?

Elle se rapprocha davantage de son père, et lui prenant les mains :

— J'ai déjà un indice, lui dit-elle, et il faut que tu m'aides.

— Un indice? fit-il étonné.

— Cela va te sembler insignifiant, et pourtant je suis sûre que le secret est là. C'est un fragment d'une lettre qui nous avait suivis, de bureau à bureau, jusqu'à Bâle.

— Une lettre de femme?

— Non, une écriture grossière, qui, je ne sais pourquoi, m'avait frappée. Il la déchira après l'avoir lue. Sans me rendre compte de ce que je faisais, j'en ramassai quelques morceaux. Il était question d'un appartement, d'un mobilier. Je crus comprendre qu'on lui demandait s'il le gardait ou s'il fallait louer ou vendre. Je ne pus retrouver la signature, mais le lendemain, parmi les lettres qu'il envoyait à la poste, il y en avait une adressée à M. Verdier, concierge à Paris, rue de la Baume, n° 11. C'était la réponse à la lettre déchirée, je n'en ai pas douté un instant.

— Oh! la jalousie, quel juge instructeur! s'écria M. d'Auvray.

— Ne ris pas, lui dit Mathilde, et demain, je t'en supplie, va rue de la Baume.

Pour tâcher de savoir de **M.** Verdier quelle est la femme qui venait furtivement au n° 11, dans l'appartement mystérieux loué par Marcel, pour ses rendez-vous d'amour! Tu aurais dû épouser un littérateur et non un peintre, tu lui aurais fourni ses canevas.

Cette raillerie ne produisit aucun effet sur Mathilde.

— Tu iras, n'est-ce pas? continua-t-elle. A prix d'or tu feras parler le concierge?

— Jamais! s'écria le banquier, je n'accepte pas des missions semblables.

— Vraiment! vous refusez quelque chose à votre fille, fit-elle en prenant sa voix la plus douce. Ce n'est pas croyable. Ce serait la première fois.

Elle lui passa un bras autour du cou et ajouta :

— Mais avec moi, avec moi seule, tu n'as pas de volonté, tu le sais bien.

— C'est vrai pourtant, ce qu'elle dit là, fit M. d'Auvray, qui ne se sentait pas le courage de protester.

Elle voulut profiter de ce premier avantage et continua, le sourire aux lèvres, afin de faire plus facilement passer ce qu'elle allait dire :

— Tu ne te souviens donc pas que ta fille chérie a toujours obtenu de toi ce qu'elle a voulu, qu'elle est même parvenue à dompter ton mauvais caractère. Ne te récrie pas, tu m'as avoué toi-même qu'il était détestable. Autrefois, malgré tes apparences de froideur, tu te mettais en colère au moins une fois par jour; aujourd'hui tu n'oses plus, parce que pour te calmer, tu le sais bien, je n'ai qu'à te chanter une des pièces de vers que j'ai mise en musique pour toi. Par exemple, celle de notre ami Lucien Biart, le poète. Si tu as oublié ma voix, tant pis, je te condamne à l'entendre.

Et, sans s'accompagner, elle dit, sur l'air qu'elle avait composé, ces trois strophes :

> Tout chante dans la nature
> Le ruisseau sur le gazon,
> La forêt par son murmure,
> L'insecte dans son buisson.
>
> La fleur du matin éclose,
> Le brin d'herbe tout joyeux,
> Le papillon qui se pose
> Sur un calice soyeux;

> Tout entonne un chant suprême
> Oiseaux, forêts et rumeurs,
> Seul l'être humain sur lui-même
> Gémit et répand des pleurs.

D'Auvray était ravi. Il embrassait sa fille et lui jurait que depuis son mariage, sa voix avait encore gagné.

— Ta, ta, ta, ta! dit Mathilde en l'interrompant, il ne s'agit pas de ma voix; il s'agit de la rue de la Baume. J'ai chanté seulement pour te décider. Promets-moi donc, puisque tu ne peux pas faire autrement.

— Folle ! murmura-t-il à moitié vaincu.

— Tu as promis, s'écria-t-elle.

— Pas encore, fit M. d'Auvray, en essayant de se défendre.

Elle n'était pas habituée à une si longue résistance de la part de son père, et pour l'en punir :

— Soit ! dit-elle en s'éloignant de lui, ne promets pas. Au fait, je n'ai pas besoin de toi. Je suis mariée, maîtresse de mes actions, j'irai moi-même prendre mes informations rue de la Baume.

— Et Marcel sera mis au courant de tes petites enquêtes, répliqua vivement le banquier; il ne manquerait plus que cela? Ah çà! supposons un instant que ton scénario ait le résultat demandé : il est bien établi que ton mari avait une maîtresse avant son mariage, et même, ce qui me semble plus difficile, tu arrives à savoir quelle est cette femme. Que feras-tu?

Elle se leva, et, sérieuse cette fois, elle répondit d'une voix ferme :

— Ce qu'on fait en face d'un péril bien défini et bien connu. Je l'aborderai franchement et j'en triompherai, je le jure!

Et regardant son père en face :

— Comprends-moi bien, ajouta-t-elle. Ce n'est pas la satisfaction d'une vulgaire jalousie que je te demande, c'est le moyen de sauver mon bonheur. Je suis sûre de vaincre, mais il faut que je connaisse l'ennemi; l'incertitude me paralyse. Je n'ai de confiance qu'en toi, je n'ai compté que sur toi; fais cela pour ta fille. Apprends tout, dis-moi tout... et ne crains rien !

Une femme de chambre entra pour demander à Mathilde ses ordres au sujet des bagages qui venaient d'arriver, et mit fin à cette conversation, avant que M. d'Auvray fût obligé de faire la promesse si éloquemment réclamée. Mathilde, du reste, s'éloigna sans la moindre inquiétude à ce sujet : elle connaissait son père, et elle ne doutait pas qu'il ne remplît, le lendemain, la mission dont elle l'avait chargé. M. d'Auvray pouvait hésiter, gronder, se récrier, se défendre, mais il devait finir par céder à la seule autorité qu'il eût jamais reconnue, s'incliner devant une volonté plus forte que la sienne. Les plus grands despotes ont toujours obéi à quelque tyrannie.

X

Durant cet entretien, entre le père et la fille, Mme d'Auvray, après avoir rempli ses devoirs de châtelaine, était descendue au jardin et s'était enfoncée dans une des allées les plus obscures. Elle marchait doucement, la tête baissée, tout entière aux pensées dont l'arrivée du jeune ménage n'avait pu la distraire, lorsqu'au détour d'une allée, elle se trouva face à face avec Marcel Berthier. En apercevant à l'improviste son gendre, Hélène pâlit et ne put dissimuler un certain trouble ; pourtant elle parvint à se remettre, et au lieu de fuir Marcel, comme elle en avait peut-être eu la pensée, elle marcha droit à lui, et l'abordant :

— Je vous croyais auprès de votre femme, lui dit-elle, mais puisque le hasard me fait vous rencontrer, ce qui nous arrivera plus d'une fois, pendant votre séjour ici, regagnons ensemble la maison.

Il obéit, se rangea à ses côtés, mais moins maître de lui qu'Hélène, et, dans la crainte que sa voix ne trahît une secrète émotion, il garda le silence.

Mme d'Auvray comprit qu'il fallait le rompre à tout prix, et, sans lever les yeux sur son compagnon :

— Vous avez vu de bien belles choses dans votre voyage ? lui demanda-t-elle.

— Très belles, en effet.

— Vous avez visité tous les musées d'Italie ?

— A peu près tous.

— Vous connaissiez déjà la Suisse ?

— En partie.

— Mathilde nous a écrit des lettres pleines d'étonnement et d'enthousiasme sur les sites que vous lui avez fait visiter.

Elle regarda autour d'elle et s'élança vers lui en criant...

— C'est l'impression qu'ils produisent toujours, même sur ceux qui les connaissent, répondit Marcel le plus froidement possible.

Mais il ne se sentit pas la force de continuer cette conversation. Ces banalités le fatiguaient, l'énervaient. Il s'arrêta, et comme Hélène s'était arrêtée aussi :

— Ah! s'écria-t-il, pourquoi ne m'avez-vous pas prévenu de celte nouvelle fantaisie de M. d'Auvray?

Ainsi brusquement attaquée, elle ne put se dispenser de répondre.

— Quand M. d'Auvray s'est déterminé à passer l'été ici, dit-elle, je n'avais plus le temps de vous avertir, vous étiez en route.

— Et nous allons vivre, pendant six mois, sous le même toit, à côté l'un de l'autre!

— N'est-ce pas la conséquence de la situation que nous avons acceptée? fit-elle tristement.

— Nous avons été lâches! s'écria-t-il.

Devant ce reproche elle perdit son calme et répliqua vivement :

— Que pouvions-nous faire? Nous a-t-il laissé le temps de réfléchir? Nous a-t-il permis de répondre? Convaincu que vous aimiez Mathilde, que vous n'osiez la demander, il vous l'a offerte. Il a pris votre trouble pour de la joie, votre terreur pour un consentement... et à ses amis qui arrivaient, il vous a présenté comme son gendre.

— Vous étiez là, vous pouviez..., fit Marcel.

— Quoi? reprit Hélène avec la même animation, lui dire qu'il se trompait, que ce n'était pas Mathilde qui vous attirait dans notre maison, que ce n'était pas elle que vous aimiez? Alors si ce n'était pas elle, c'était moi. Il le comprenait aussitôt. Il me chassait... il vous tuait peut-être!

Il se retourna brusquement et dit :

— Il me tuait! Eh bien!

Elle baissa la voix et reprit :

— J'ai eu peur pour vous. J'ai eu peur pour moi. J'ai eu peur de ma fille!... Mais, le lendemain, les jours suivants, j'ai tout tenté pour le faire renoncer à ce mariage. Peine inutile : la contradiction l'irrite, les obstacles l'exaspèrent. Plus j'insistais, plus sa résolution devenait inébranlable... « Quoi! me disait-il, vous recevez Marcel depuis plusieurs années, à toute heure, à tout moment, vous laissez Mathilde s'éprendre de lui, s'éprendre follement, et vous venez aujourd'hui... Quelle mère êtes-vous donc? Vous faites-vous un jeu du bonheur, de la vie de votre fille? »

Et, courbant la tête, s'appuyant contre un arbre de l'allée, la voix émue, des larmes dans les yeux, elle ajouta :

— Ah! pouvais-je lui répondre que, tout entière à ma coupable passion, je n'avais pas vu naître cet amour, je ne l'avais pas vu grandir, je n'avais pas soupçonné qu'il fût possible... que l'amante avait tué la mère!

Après s'être arrêtée, un instant, pour reprendre haleine, elle continua :

— Et tandis que je discutais inutilement avec lui... que nous cherchions, vous et moi, le moyen de rompre ce mariage... que nous songions à la fuite, à la mort, pour en revenir toujours au scandale et à l'opprobre, tout s'apprêtait. M. d'Auvray pressait toutes les démarches, se chargeait de toutes les formalités, et nous enserrait de plus en plus dans son implacable volonté... Quant à Mathilde, elle m'entourait de ses bras et me disait cent fois par jour : « Oh ! ma mère, que je suis heureuse ! »

Pendant qu'elle parlait et qu'elle évoquait ces tristes souvenirs, Marcel, qui revoyait tout le passé avec elle, secouait la tête et semblait dire : « Oui, oui, c'est cela. Nous avons passé par là ; nous avons souffert comme elle le dit. »

Mais, sans prendre garde à lui, elle continuait :

— Et, peu à peu, las de chercher des expédients impossibles, nous en sommes venus à envisager avec moins d'épouvante l'abominable extrémité qui nous était imposée, à nous familiariser avec l'odieuse nécessité de ce mariage ; nous avons transigé avec notre conscience qui s'indignait. Nous avons osé nous dire qu'après tout, dans le monde d'aujourd'hui, ces sortes d'unions ne soulevaient pas tant de scrupules et de révoltes. Nous avons compté celles qu'on connaît, celles plus nombreuses qu'on suppose, et qui n'ont même pas pour excuse le danger qui pesait sur nous.

Elle se tut, et, toujours immobile, le regard perdu dans le vide, elle revit encore, par la pensée, d'autres tristesses de l'existence autrefois parcourue. Puis, elle reprit possession d'elle-même, et ne voulant pas prolonger plus longtemps cette situation, elle quitta sa place et se dirigea vers la maison. Tout en marchant, elle disait à Marcel, qui, silencieux, la suivait :

— A quoi bon tout cela? A quoi servent ces plaintes, ces regrets, ces révoltes? Notre route est tracée, notre devoir est écrit : A moi l'expiation, j'y suis résignée; je ne suis plus que mère. Mathilde ne sait rien, et elle vous aime. Vous êtes jeunes tous deux, la vie est devant vous, ne voyez que l'avenir, aimez-la.

— L'aimer ! Est-ce que c'est possible ! s'écria-t-il.

— Tellement possible, fit-elle avec douceur, tellement facile, que, sans vous l'être dit, sans le savoir peut-être, vous l'aimez déjà.

— Moi ! s'écria-t-il en s'arrêtant.

Elle s'arrêta aussi, le regarda, et souriant avec tristesse :

— Oui, vous ! fit-elle.

Mais elle s'empressa d'ajouter en reprenant sa marche vers la maison :

— Et j'en suis heureuse. Oui, je l'atteste, oui, je le jure ! Il n'y a pas

autre chose dans mon cœur. Si vous me voyez triste, accablée, ce n'est pas
le regret; non, c'est le remords, c'est la honte. Ne vous y trompez pas, ne
pensez pas à moi, même pour me plaindre. Je n'existe plus, je ne vis plus
que pour ma fille. Aimez-la, je vous le répète; nous pouvons encore nous
unir dans un sentiment commun : le bonheur de cette enfant, qu'un instant
j'ai oubliée pour vous.

Attendri, il voulut s'approcher d'elle, il murmura le nom d'Hélène. Elle
se recula vivement et lui dit d'une voix ferme :

— Ne m'appelez plus ainsi, je suis la mère de Mathilde. Je suis votre
mère... Monsieur Berthier, mon gendre, allez rejoindre votre femme.
Allez, et que cette parole sur nous soit la dernière!

Ils étaient arrivés devant la maison, et Mme d'Auvray rejoignit Virginie,
qui, l'ayant vue s'approcher, accourait à sa rencontre.

VI

Hélène d'Auvray venait d'avoir trente ans le jour où Marcel Berthier
lui fut présenté. C'est un âge dangereux pour les femmes. Celles qui, fami-
lières avec les chutes, ont pris depuis longtemps l'habitude de succomber
à tout propos et hors de propos, se dépêchent, à ce moment de leur vie,
de commettre une nouvelle faute, dans la crainte de voir les belles occa-
sions leur échapper. Si, depuis deux ou trois ans, elle se sont, par mégarde,
endormies dans une liaison qu'elles sentent ne pouvoir durer, elles se pres-
sent de la rompre et d'en contracter une autre, pour que le nouvel élu les
connaisse dans tout l'éclat de leur beauté, et que plus tard, à l'automne de
leurs amours, il se souvienne seulement du printemps et de l'été.

Quant à la femme qui, toujours inaccessible aux séductions, n'a jamais
cessé d'être honnête, lorsque ses trente ans commettent l'indiscrétion de
sonner, elle relève brusquement la tête, se recueille et fait un retour vers
ses jeunes années qui s'éloignent. Elle se demande si elle a bien rempli le
temps écoulé, si elle n'a pas obéi trop aveuglément à des préjugés, à des

idées fausses ; s'il lui était vraiment interdit d'ignorer certaines joies qu'elle a beaucoup entendu vanter et que tant de personnes sont réputées avoir goûtées. Il lui prend comme un remords de sa vertu. Elle passe en revue toutes les mondaines de ses amis et reconnaît que la plupart ont compris l'existence d'une façon assez large : « Mme V... a tellement fait parler d'elle, qu'on s'est décidé à n'en plus parler. — Mme X... s'est si souvent affichée, qu'on se demande si on ne devrait pas la frapper du timbre. — On a prêté jusqu'à trois amants à Mme Z... et on ne dit pas qu'elle les ait rendus. » Elle se livre à d'étranges calculs, elle compte sur ses doigts les chutes scandaleuses que tout le monde connaît et les chutes discrètes... tout aussi connues. Elle additionne, elle retient, elle multiplie, elle multiplie surtout ; elle en arrive à conclure qu'elle est une exception dans son monde, qu'elle y a porté le scandale et a blessé tous les usages reçus. En vérité, pourquoi se faire ainsi remarquer ? Pourquoi et pour qui ?

Pour son mari ? Il s'occupe bien d'elle, depuis le temps ; et, n'en a-t-il pas toujours pris à son aise ? Ne lui a-t-elle pas donné sa jeunesse, son printemps, et ne peut-elle pas disposer de son été ? Il est d'un âge où l'on n'aime plus cette saison, que d'autres plus jeunes et beaucoup plus charmants adorent, au contraire.

Pour le monde ? Il ne lui en saura aucun gré. Du reste, sa réputation de vertu est si bien établie, que maintenant elle peut tout se permettre. Que dit-elle ? Quelle erreur, quelle illusion ! Dans le monde dont elle parle, par esprit de corps, afin de ne froisser personne et de ne pas faire d'exception, on lui donne sans doute des amants qu'elle n'a pas. Ne vaudrait-il pas mieux en avoir ?

Pour soi-même, par principe, par religion ? Hélas ! de nos jours, les plus croyantes, les plus convaincues sont entourées de tant d'incrédulités, leurs convictions sont si souvent battues en brèche par d'habiles raisonneurs, qu'elles ne peuvent se défendre, à certaines heures, de doutes légers et de sourdes révoltes contre leur chère Église. Il leur arrive même de se sentir par moments, comme une petite pointe d'athéisme et de matérialisme. Cette pointe grandit, grossit, se développe si les désirs, les intérêts du jour, s'accordent avec l'incrédulité, si les idées religieuses sont gênantes pour l'instant, et retiennent au bord d'un abîme où l'on voudrait descendre.

Dans notre siècle on voit aussi tant de femmes sans religion ! Jeunes filles, elles en avaient, mais leurs maris ont voulu faire l'esprit fort. Ils leur ont, peu à peu, arraché du cœur toutes leurs saintes croyances et ne les ont remplacées par rien : ni par l'amour de la vertu pour la vertu, ni par le respect de soi, ni par quelques leçons de saine philosophie, permettant peut-être de ne pas se prosterner devant Dieu dans une église, parce qu'on se prosterne sans cesse devant lui en admirant toutes ses créatures. Ces maris inhabiles démolissent sans édifier, et ôtent imprudemment à leurs femmes le seul refuge qu'elles pourraient avoir aux heures de défaillance : les croyances qui viennent d'en haut ou la force qu'on puise en soi

Rien ne la retient donc, rien ne la préserve. Tout en écoutant l'heure sonner, elle songe, elle songe encore, et sa pensée s'égare de plus en plus; son imagination la transporte dans des pays qu'elle n'a pas encore explorés. Ne doivent-ils pas être charmants, puisque tant de personnes les visitent, s'y arrêtent, ne les quittent que pour y revenir et finissent par s'y fixer? Si elle a des dispositions au sentimentalisme, elle rêve de parcourir, avec une âme sœur de son âme, ces belles régions éthérées que tous les poètes ont chantées. Si des idées plus terrestres la dominent, elle relit quelques-uns de nos romanciers modernes, s'enivre de leurs descriptions réalistes et s'oublie dans la contemplation de leurs amours charnelles. Compte-t-elle donc vieillir, puis mourir, sans avoir approfondi toutes ces questions creusées par tant de personnes et que leurs maris ont seulement touchées, sans les résoudre, en ne leur laissant que le souvenir dangereux d'études intéressantes, mais incomplètes?

Puis la coquetterie s'en mêle. Jusqu'à ce jour elle n'a pas douté, un seul instant, de sa beauté. Son miroir l'édifie à cet égard, et les propos flatteurs murmurés à son oreille la confirment dans la bonne opinion qu'elle a d'elle-même. Encore aujourd'hui ses traits n'ont pas varié, son regard est aussi brillant, son front aussi pur, son cou, cette pierre de touche de la femme qui s'épanouit, n'a pas un pli, n'a pas une ride; mais, l'heure sonne toujours, le compte y est, il n'y a pas à dire, elle a bien ses trente ans, et elle ne saurait soupçonner l'horloge du temps d'être mal réglée, ni d'avancer pour lui déplaire. Alors, elle se demande si son miroir, par habitude, ne reflète pas ses traits d'autrefois, si ses amis ne sont pas des flatteurs. Hier, elle se serait presque passée de leurs compliments. Quel plaisir pouvait-elle trouver à s'entendre dire sans cesse qu'elle était jolie? Elle le savait du reste. Aujourd'hui, un doute l'a effleurée, elle quête des éloges. Dans six mois, elle ne se payera plus de belles paroles : on sera tenu de rendre un culte à sa beauté et d'en prouver la puissance à force de soins et d'amour.

Ainsi, dans cette période de sa vie, tout concourt à la perdre : le souvenir des chutes nombreuses dont le bruit est venu jusqu'à elle, les chutes supposées, l'abandon du mari, autrefois somnolent, aujourd'hui endormi, la coquetterie, le désir de savoir, l'imagination de plus en plus vagabonde, les sens doués d'une éloquence toute nouvelle, l'heure qui sonne, le temps qui fuit et semble dire : « Prends garde, demain il serait trop tard ! »

Si elle peut, quelque temps encore, refouler ces aspirations, ces désirs, ces révoltes, comprimer son cœur, dompter sa chair rebelle, si surtout, grâce à Dieu, elle n'a pas à sa portée le fruit défendu, elle est sauvée, elle a passé l'heure de la crise, elle a doublé le cap des tempêtes. Mais si, au contraire, la force et la volonté lui manquent, si l'arbre de science étale devant elle ses fruits d'or et qu'elle n'ait qu'à étendre la main pour les cueillir, elle les cueille et elle est perdue.

Hélène d'Auvray venait d'atteindre trente ans, avons-nous dit, lorsqu'elle fut mise en relations avec Marcel Berthier.

Ce fut l'excellent Duvallon, l'homme le mieux intentionné du monde, l'être offensif par excellence, qui présenta son élève Marcel à M. et à Mme d'Auvray. Infidèle, depuis quelques années, à son cher Ville-d'Avray, Duvallon passait une partie de ses étés à Maisons-Laffitte, où son vieil ami d'Auvray lui offrait la plus large hospitalité. Après avoir achevé plusieurs études sur les bords de la Seine et dans la forêt de Saint-Germain, il s'é-prit, par une belle matinée, d'un coin du parc de ses hôtes et se mit à ébaucher ce fameux tableau, qu'il a souvent refait depuis à notre grand contentement. Le motif est des plus simple : Au premier plan, et au milieu, un grand arbre dont le pied se baigne dans un étang; plus loin un petit sentier qui fuit à travers les herbes et, au fond, des bouleaux couverts de leurs premières feuilles. De l'air dans les arbres, un peu de brouillard sur l'étang et un ciel où courent quelques nuages transparents complètent cette étude. Ravi de sa première ébauche, et il en avait le droit, Duvallon voulut la soumettre à son élève préféré, Marcel Berthier, et le pria de venir passer quelques heures à Maisons-Laffitte. Marcel s'empressa d'accourir, et pendant que, debout dans le parc, devant le chevalet de son maître, il admi-rait tantôt le tableau, tantôt le paysage si poétiquement reproduit, M. et Mme d'Auvray, suivis de leur fille Mathilde, âgée de douze ans à cette époque, apparurent et invitèrent l'élève et l'ami de leur cher Duvallon à considérer leur maison comme la sienne.

Nous parlerons le plus discrètement possible des amours d'Hélène et de Marcel. Ces amours ne sont en cause ici qu'indirectement ; ce sont leurs conséquences que nous nous sommes donné mission de faire connaître et d'étudier.

Marcel, durant l'été où il fut présenté aux hôtes de Maisons-Laffitte, vint à peu près tous les jours chez M. d'Auvray : d'abord pour son parc, ensuite pour son parc et sa femme, et enfin pour sa femme seulement. L'hiver suivant, à Paris, le banquier n'eut pas le plaisir de le voir aussi régulièrement, mais Hélène fut, sans doute, plus heureuse.

Plusieurs années s'écoulèrent sans apporter aucun trouble dans ces relations. Le monde ne songea pas à les soupçonner et M. d'Auvray ne fut pas plus clairvoyant que le monde. Fidèle à ses vieilles habitudes, il continuait à s'occuper exclusivement de ses affaires et de sa fille, sans s'apercevoir qu'Hélène ne se plaignait plus de son abandon et sans se douter qu'elle eût éprouvé maintenant un grand déplaisir, si M. d'Auvray, animé de sentiments meilleurs à son égard, s'était tout à coup souvenu qu'il avait une femme.

Quant à Duvallon, il aurait peut-être trouvé que son élève favori négligeait par trop la peinture, si, de son côté, il n'avait eu quelques peccadilles à se reprocher. Ne s'était-il pas avisé de faire des infidélités à l'art, en faveur d'une charmante orpheline, pauvre, un peu artiste, dont il connaissait la famille et qu'un beau jour il épousa ? Ses amis se récrièrent, mais il était trop tard : par prudence, il s'était caché d'eux et il avait consommé le crime avant qu'on eût deviné ses coupables desseins. Pour se venger, ils prétendirent qu'il n'avait pas le droit de se marier, car il l'était depuis longtemps avec dame Peinture, et ils le surnommèrent plaisamment Duvallon le Bigame.

Tout s'accordait donc à laisser Marcel et Hélène goûter dans le crime une innocente paix, suivant l'expression du poète. Mais un jour, en une heure, en un instant, leur bonheur s'écroula. Quelques paroles suffirent pour amener cette catastrophe.

— Ma chère amie, dit M. d'Auvray à sa femme, avez-vous réfléchi que Mathilde est dans sa dix-huitième année ?

— Déjà ! c'est vrai ! fit Hélène.

— Avez-vous songé qu'il faudra la marier bientôt ?

— J'ai déjà un indice, lui dit-elle, et il faut que tu m'aides...

— Bientôt! Et pourquoi se tant presser?

— Son cœur a parlé; elle aime.

— Mathilde! c'est impossible!

— C'est certain, au contraire; elle m'a fait ses confidences.

— A vous! Et qui aime-t-elle?

— Mais la seule personne que nous recevions dans l'intimité, le seul homme qu'elle connaisse, qu'elle ait pu apprécier, enfin Marcel Berthier.

— Lui! lui!

— Quoi d'étonnant?

— Mais ce mariage ne peut se faire!

— Pourquoi?

— Mathilde est trop jeune.

— Elle n'est pas trop jeune, puisqu'elle aime.

— M. Berthier n'a pas de position, n'a pas de fortune.

— Je lui ferai une position, je partagerai avec lui ma fortune, puisque Mathilde est ma fille unique.

— Mais il n'aime pas Mathilde.

— Allons donc! ne pas l'aimer, elle! Pourquoi, du reste, viendrait-il chez nous avec tant d'assiduité? Je vous dis qu'il l'aime et j'en suis fort aise; j'ai toujours rêvé un gendre qui tiendrait tout de moi, aurait intérêt à me ménager et ne m'enlèverait pas entièrement ma fille.

M. d'Auvray ne donna pas d'autres explications, ne prononça pas d'autres paroles. Celles qu'il venait de dire ne suffisaient-elles pas? Elles étaient des plus claires, des plus précises, et dans sa bouche elles avaient une valeur immense. Pour qui le connaissait, ces paroles ne tarderaient pas à être suivies d'actes en rapport avec elles. Il prit congé de sa femme et, comme si rien ne s'était passé, se rendit à ses bureaux.

Hélène, lorsqu'il fut parti, tomba brisée, anéantie! Jamais châtiment plus terrible n'avait été infligé à une mère! Jamais abîme plus profond ne s'était inopinément ouvert devant deux êtres perdus dans les nuages, tout entiers à leur passion, oublieux de la vie réelle et de ses devoirs! Ah! Hélène n'avait pas vu grandir sa fille, avait négligé de diriger ses premiers pas dans la vie, d'écouter les premiers battements de son cœur. Eh bien! c'était cette enfant, devenue femme, que le destin chargeait de la punir!

Ce n'était pas l'épouse que le châtiment atteignait, c'était la mère! Ce n'était pas le mari outragé qui frappait, c'était la fille oubliée, la fille délaissée.

Mathilde se dressait tout à coup entre Hélène et Marcel et leur criait :

« Je vous sépare l'un de l'autre, je vous désunis au milieu de vos plus grandes joies, lorsque vos cœurs sont en pleine fête. Mon bonheur, ma vie réclament ce sacrifice, vous ne pourrez vous y soustraire. Mais vous n'aurez même pas pour vous consoler, la joie du devoir accompli, car ce mariage auquel l'un de vous sera forcé de consentir, que l'autre sera forcé de contracter, vous laissera d'éternels remords, vous couvrira d'opprobre et de honte.

Les douleurs, les souffrances, les angoisses d'Hélène et de Marcel ont été dépeintes dans l'entretien qu'ils eurent ensemble le jour où ils se revirent, après une séparation de six mois. Ils avaient espéré d'abord faire renoncer M. d'Auvray à ses desseins; il ne les avait même pas écoutés et, pendant qu'ils se désolaient, qu'ils se consumaient en efforts impuissants, il fixait l'époque du mariage, il levait les obstacles matériels qui auraient pu le retarder.

Hélène voulut dissuader Mathilde d'épouser Marcel Berthier; mais quelle influence pouvait-elle exercer sur ce jeune cœur, qui s'était formé, qui avait battu jusqu'à ce jour loin du sien?

Est-il, du reste, si facile d'avoir raison d'un premier amour, de persuader à une âme novice, tout imprégnée de sentiments adorables, de sensations ravissantes, qu'elle a tort de les éprouver et qu'elle doit y renoncer? Elle vient de s'éveiller à la vie, et l'on voudrait déjà la contraindre à refermer les yeux! A peine éclos, ses beaux rêves s'envoleraient! Le bonheur à peine entrevu s'éloignerait à tire-d'aile! Non, elle ne l'entend pas ainsi, et, à cette heure de l'existence, la mère la plus tendre, la plus chère, est à peine écoutée.

Et puis, avec quelles armes doit-on combattre celui qui s'est fait aimer? Comment le renverser du piédestal où on l'a placé? Rechercher les qualités qui ont pu séduire en lui et prouver qu'elles n'existent pas? Mais est-ce bien ses qualités que l'on aime? N'est-ce pas plutôt, sans qu'on se l'avoue, les qualités de son sexe? N'est-ce pas une sorte de curiosité inconsciente, de sympathie irréfléchie, qui vous attire vers lui? S'appelle-t-il bien M. X. ou M. Z.? Non. C'est un être indéterminé, c'est l'inconnu! Plus tard, lorsque le cœur raisonne, on s'éprendra de A., parce qu'on lui croit du génie, de B., parce qu'il est brave, et alors, si des personnes intéressées à leur nuire viennent à prouver qu'ils jouissent d'une réputation usurpée, ils perdront leur prestige et cesseront quelquefois d'être aimés. Mais le cœur d'une jeune fille ne raisonne pas encore; elle aime parce que l'heure est venue d'aimer, elle aime qui se trouve près d'elle et qui s'occupe d'elle, elle aime enfin... parce qu'elle aime.

Les tentatives de Mme d'Auvray pour éloigner Mathilde de Marcel furent donc inutiles. Peut-être aussi manqua-t-elle d'éloquence et de conviction dans son réquisitoire, et s'oublia-t-elle jusqu'à vanter les mérites de l'accusé, au lieu de mettre en relief ses méfaits.

Battue de ce côté, elle voulut résister à son mari, lutter contre son implacable volonté ; bientôt elle comprit qu'elle allait éveiller ses soupçons, se livrer, se perdre et, avec elle, perdre Marcel.

Ils songèrent alors l'un et l'autre à se tuer ; ils n'en eurent pas le courage. Leurs amours qui n'avaient été traversées par aucun accident, la longue quiétude dans laquelle s'était écoulée leur existence, avaient amolli leurs âmes et les avaient privés de l'énergie nécessaire aux grandes résolutions. Puis, ils espéraient toujours qu'un événement imprévu se mettrait à l'encontre de ce mariage odieux, ils comptaient sur le hasard pour les servir mieux qu'ils ne se servaient eux-mêmes. Mais le hasard ne serait plus le hasard s'il prêtait son concours à ceux qui le réclament. La Providence, seule, vient parfois à leur aide, et Hélène se sentait trop coupable pour l'invoquer.

Un auteur dramatique ou un romancier ne serait pas embarrassé pour dénouer la situation qui nous occupe : M. Empis, dans sa remarquable comédie restée au répertoire du Théâtre-Français, *la Mère et la Fille*, où l'amant d'une mère veut épouser sa fille, fait, au dernier acte, intervenir le mari, pour découvrir l'adultère jusque-là ignoré, punir les coupables et sauver la morale. Mais ici nous n'inventons rien, nous racontons seulement une histoire qui commence au point précis où finit le drame de M. Empis, c'est-à-dire au mariage que M. d'Auvray approuve et conclut, parce qu'il ignore les relations de sa femme avec Marcel Berthier.

Ne sachant quel parti prendre, à quelle résolution s'arrêter, confidente obligée de Mathilde qui s'éprend tous les jours plus sérieusement de Marcel, depuis que son père lui a permis de l'aimer, Hélène éperdue, affolée, en arriva, comme nous le lui avons entendu dire, à chercher des exemples, des précédents pour justifier le mariage auquel on voulait la faire consentir. Hélas ! souvent on ne s'était pas contenté de citer devant elle des faits généraux, de faire allusion à quelque position semblable à la sienne. On avait soulevé les masques, cité les noms : Mᵐᵉ A., l'aimable veuve si recherchée dans le monde officiel, avait, de son plein gré, racontait-on, sans y être contrainte et forcée, comme l'étaient Hélène et Marcel, donné pour mari à sa fille le beau sous-préfet qui l'avait aidée à supporter son veuvage. « Au moins elle sait à qui elle donne sa fille, » disait-on pour l'excuser. — « De cette façon il ne la quittera jamais, il vivra toujours près d'elle, » osait-on dire encore.

On allait plus loin, lorsqu'il s'agissait de Mme D. On assurait que son mari avait connu ses relations avec M. C. et qu'après avoir, pendant nombre d'années, constaté le bon caractère de cet excellent jeune homme, capable de supporter si longtemps l'humeur acariâtre de Mme D., après avoir admiré sa fidélité vraiment surprenante, il n'avait pas craint d'offrir ce précieux trésor à sa fille.

Ainsi, de même qu'autrefois tout avait concouru à jeter Hélène dans les bras de Marcel, tout l'obligeait aujourd'hui et tout la conviait à commettre une action infâme, pour cacher sa première faute.

Elle hésita longtemps encore à donner le consentement qu'on exigeait d'elle. Enfin, on le lui arracha et le mariage eut lieu.

A peine fut-il célébré que Marcel partit en voyage avec sa femme. Il voulait fuir ses souvenirs, s'arracher du milieu où il venait de vivre, mettre une barrière entre le passé et le présent.

Tout porte à croire cependant que Mathilde ne put concevoir une brillante idée de cette période du mariage qu'un astronome a eu l'idée d'appeler la lune de miel. Mais son inexpérience dut la rendre moins exigeante; elle pensa qu'elle s'était fait des illusions sur l'amour entre jeunes époux, et qu'il fallait se contenter de l'affection très tempérée qu'on lui témoignait. Puis elle voyageait avec une telle précipitation, on lui donnait si rarement le temps de respirer qu'elle n'eut pas même l'occasion de placer quelque timide remontrance et de protester contre cette froideur hors de saison.

Cependant, dans les courts instants où il fallut bien s'arrêter, où les deux voyageurs se trouvèrent en face l'un de l'autre, sans paysage, sans monument ou sans musée à admirer, Marcel fut contraint quelquefois, par désœuvrement, de regarder cette jeune femme à laquelle, jeune fille, il n'avait fait aucune attention et qui s'était éprise de lui sans raisons sérieuses.

Il fut frappé de sa ressemblance avec Hélène. C'étaient les mêmes traits avec plus d'expression, plus de jeunesse et plus d'éclat. Le mari n'admirait pas encore, mais l'artiste se sentait subjugué, ébloui.

Bientôt son regard se reporta plus complaisamment qu'il ne fallait sur le visage de sa femme. Il se surprit un jour à la contempler en dehors de tout sentiment artistique et il fut effrayé. Allait-il donc aimer Mathilde et allait-il l'aimer pour sa ressemblance avec sa mère? Était-ce le même amour qui menaçait de se reproduire sous une autre forme? Au lieu d'épouser Mathilde comme il le croyait, avait-il donc épousé Hélène, mais une Hélène rajeunie, métamorphosée, une Hélène de vingt ans?

Il repoussa ces idées avec horreur : Être fidèle à Hélène dans les bras d'une autre, c'était une infamie ! Aimer Mathilde parce qu'elle ressemblait à sa mère, c'était une honte !

Puis, tout en voyageant, il se familiarisa avec ces pensées; elles lui devinrent moins odieuses. Son mariage avec Mlle d'Auvray lui avait été imposé, il n'y avait pas consenti, il l'avait subi, mais il n'en était pas moins marié et bien marié. N'avait-il pas dès lors de sérieux devoirs à remplir? Ne devait-il pas chasser loin de lui ces regrets inutiles, ces remords stériles, et faire une vie heureuse à cette jeune femme, dont le seul tort était de l'avoir aimé? Son avenir serait-il flétri pas son passé? Devait-il rendre sa femme responsable de sa faute? Non. Sa route était tracée, tout lui ordonnait de la suivre : essayer de faire Mathilde d'autant plus heureuse qu'il avait été plus coupable; racheter le crime commis envers elle, à force d'amour pour elle.

Les traits d'Hélène devinrent chaque jour moins distincts; il ne la vit plus à travers Mathilde. Celle-ci avait maintenant son existence propre, sa personnalité; elle vivait pour son compte; elle n'était plus, comme autrefois, le reflet, l'ombre d'une autre.

Ces différents progrès s'étaient déjà accomplis dans l'esprit de Marcel, lorsque Mathilde, un peu lasse de ces voyages précipités, désireuse de revoir son père, qui ne cessait de la rappeler, et surtout rêveuse, inquiète, depuis le jour où elle avait découvert la lettre adressée par son mari au concierge de la rue de la Baume, voulut absolument revenir en France. Comment s'opposer à ce retour? Marcel avait des motifs sérieux pour désirer prolonger son voyage, mais pouvait-il les donner à sa femme? Il dut lui obéir et nous avons assisté à l'arrivée des jeunes mariés à Maisons-Laffitte, ainsi qu'à la première entrevue de Marcel et d'Hélène.

Elle fut moins pénible qu'ils ne l'avaient craint l'un et l'autre, grâce à la résolution énergique prise par Mme d'Auvray, de ne voir en Marcel Berthier que son gendre, grâce à l'amour qui commençait à naître dans le cœur de Marcel, grâce surtout à l'honnêteté de ces deux natures que la passion seule avait égarées. A la suite de leur entretien ils se sentirent plus forts, plus reposés, ils entrevirent la possibilité d'un avenir heureux; ils espérèrent l'oubli, le calme, l'apaisement, une vie nouvelle sans souvenirs et sans remords.

VII

Toutes les croisées de la villa étaient fermées, tous les stores baissés, pour préserver les appartements des rayons trop brûlants du soleil. On aurait dit la maison déserte, tant elle était silencieuse. M. d'Auvray était parti dès le matin pour Paris; Duvallon et Marcel, en quête d'une étude, parcouraient la forêt, et Virginie, réfugiée dans sa chambre, sommeillait étendue sur une chaise longue.

Quant à Hélène et à Mathilde, elles s'étaient, depuis le déjeuner, retirées au fond du parc, dans le kiosque, en forme de chaumière, construit au bord de la Seine, sous l'inspiration de Mme d'Auvray. Ce sanctuaire de verdure d'une adorable fraîcheur, ne contenait qu'un salon de repos, éclairé par troies larges baies, dont l'une, celle du midi, s'ouvrait sur la rivière et les deux autres sur les bois et la prairie. Une vieille étoffe normande, à dessins représentant des scènes rustiques, en tapissait les murs, et quelques chaises, un canapé et une table en bambou, suffisaient à le meubler.

Hélène, assise sur le canapé, tenait à la main une tapisserie, mais par simple contenance sans doute, car son aiguille, plantée dans la laine, restait inactive, et ses regards semblaient errer à l'aventure.

Mathilde, tournée du côté de la campagne, avait aussi abandonné l'ouvrage de femme qu'elle avait apporté dans l'intention louable, mais présomptueuse, d'y faire quelques points, et le corps un peu penché en avant, les mains appuyées sur la balustrade du balcon, elle contemplait avec amour le spectacle qui se déroulait devant elle.

Les feuilles des arbres voisins, qu'aucune brise n'agitait, se découpaient nettement sur le fond bleu du ciel. Les foins, prêts à mûrir, blondissaient dans la prairie. Au milieu des blés encore verts apparaissaient déjà quelques fleurs précoces, dont les couleurs éclatantes répandaient autour d'elles la gaieté. Dans un rayon de soleil, filtrant à travers le feuillage, on voyait frémir et s'agiter toute une nuée d'insectes nouveau-nés. La nature semblait en pleine explosion de sève.

Le grand silence répandu dans la campagne, à cette heure de la journée, n'était troublé que par deux tourterelles des bois, perchées au loin dans les grands chênes et murmurant une plainte amoureuse, ou par un oiseau qui, après un voyage d'exploration, regagnait son nid à tire-d'aile.

Ce paysage et ces bruits semblaient revêtir pour Mathilde la poésie du souvenir : ces fleurs, ces blés, ces arbres lui parlaient, ces oiseaux chantaient pour elle, et toutes les heures de son enfance, passées dans ce kiosque, à cette même croisée, devant cet horizon charmant, lui revenaient à l'esprit et lui montaient au cœur. A cette même place, une année auparavant, elle s'était confessée et elle avait osé s'avouer son amour pour Marcel. C'était là-bas dans la petite allée, toute tapissée de lilas, où l'on foulait aux pieds la violette des bois, que, par une belle soirée de printemps, tendrement interrogée par son père, elle lui avait confié son grand secret : comment elle avait aimé, qui elle aimait, ses espérances et ses désirs.

Tout à coup sa rêverie fut interrompue : Mme d'Auvray, oubliant sans doute la présence de sa fille et obsédée par quelque triste pensée, venait de faire entendre une plainte.

— Qu'as-tu donc? demanda vivement Mathilde.

— Rien, répondit Hélène ; j'ai un peu mal à la tête, et je souffre des nerfs plus que de coutume.

Mathilde se leva, fit le tour du canapé sur lequel était assise Mme d'Auvray, se pencha vers elle, et, l'embrassant au front :

— Pauvre maman, lui dit-elle, si les baisers des enfants pouvaient guérir les mères, comme les baisers des mères guérissent les enfants! Te rappelles-tu quand je souffrais et que tu me prenais dans tes bras, comme j'étais vite apaisée?

— Tu t'en souviens? fit Hélène tendrement.

— Est-ce qu'on oublie cela? répliqua Mathilde.

Elle s'assit aux côtés de Mme d'Auvray, lui prit les mains et ajouta :

— C'est donc bien puissant et bien profond, l'amour des mères pour leurs enfants?

Hélène regarda sa fille et répondit :

— Si profond, si puissant, que quand elles les voient, elles oublient tout.

— Même la coquetterie, même le désir de plaire, notre première nature, dit-on? Je m'en aperçois.

— Comment?

— Hier, à dîner, continua Mathilde en prenant les mains de sa mère, je n'ai pas été contente de ta toilette. On eût dit que tu avais pris à tâche de

Au détour d'une allée elle se trouva face à face avec Marcel.

le vieillir. Et, ce matin, ce col, cette coiffure? Mais, maman, tu es une jeune femme, et vous êtes très belle, madame, quand vous voulez seulement vous donner la peine de le laisser voir.

M{mo} d'Auvray ne put s'empêcher de sourire et répliqua :

— Folle! pour qui veux-tu que je sois belle? Ai-je besoin de plaire, moi? à qui?

— D'abord, fit Mathilde du même ton enjoué, si je ne me trompe, vous avez un mari, madame Hélène, et j'ai une mère qui me disait quand j'étais jeune fille : « Rappelle-toi, Mathilde, qu'une femme doit toujours être un peu coquette pour son mari. »

Elle désigna le col et la coiffure qui l'avaient offusquée et ajouta :

— Au moins prêche d'exemple.

— A quoi bon? dit M{mo} d'Auvray.

Mathilde crut voir dans cette phrase un reproche indirect adressé à son père et elle s'empressa de protester en disant :

— Oh! maman, papa t'aime bien.

Sans lui répondre, Hélène l'attira vers elle et lui dit avec tendresse :

— Écoute-moi. Retiens ces paroles et fais-en la règle de toute ta vie. Tu as le bonheur d'être la femme d'un homme dont tu peux comprendre les travaux, partager les émotions, suivre toute l'existence; ne le laisse pas travailler, espérer, vivre en dehors de toi. Sois plus que sa femme, sois son amie! Ce qu'il y a d'affreux, ce qui tue le bonheur, ce qui tue l'amour, c'est de ne pas se comprendre. Le mariage n'est pas seulement l'union de deux cœurs, c'est l'accord de deux pensées.

— Oh! pauvre mère! s'écria Mathilde en pressant M{mo} d'Auvray dans ses bras.

Un coin du voile qui cachait depuis longtemps bien des douleurs inavouées venait de se lever, et la jeune femme croyait deviner le secret de certaines paroles échappées à sa mère et de toutes les larmes qu'elle l'avait vue verser.

Après avoir goûté, en silence, le bonheur de sentir le cœur de sa fille battre contre le sien, M{mo} d'Auvray, conclut en ces termes :

— Ne parlons pas de moi. C'est de toi qu'il s'agit; songe à mes conseils, songe à mon exemple, et dès les premiers jours prépare l'avenir.

Virginie vint interrompre cette conver sation et ces épanchements. Elle entra dans le kiosque avec son impétuosité habituelle en s'écriant :

— Enfin, j'aperçois des figures humaines !

— Qu'avez-vous? lui demandèrent à la fois les deux femmes en se détachant l'une de l'autre.

Elle s'assit et, s'éventant avec un journal qui se trouvait sur la table, elle répondit :

— Je parcours depuis une heure tous les appartements de la villa, visage de bois. Je vais à l'atelier, je cherche dans le parc, revisage de bois. Je crie vos noms à tous les échos d'alentour, les merles seuls me répondent ou plutôt me sifflent. J'allais m'asseoir sur un banc et me mettre à pleurer pour passer le temps, lorsque je vous ai aperçues toutes deux dans le kiosque. Merci, mon Dieu! c'est toujours ça !

— Comment : toujours ça! dit Mathilde en riant. Notre société ne vous suffit pas?

— Hélas! non. J'ai la faiblesse d'aimer la société des hommes. Une maison sans homme, c'est une cage sans oiseau, un jardin sans fleurs. Ce n'est pas qu'ils soient beaux, mais ils font bien dans le paysage. Ils lui donnent du ton, du relief. Enfin où sont-ils? Le savez-vous?

— Mon père est à Paris, répondit Mathilde. Quant à votre mari et au mien, ils courent la forêt depuis ce matin.

— C'est juste, j'aurais dû m'en douter, fit Virginie. Elle s'arrêta pour écouter et ajouta : Les voici.

En effet, sous les croisées du kiosque, on entendit bientôt Duvallon qui disait à son élève :

— Vois ces fleurs; tige, feuilles, pétales, comme ces tons sont fondus ! Quel peintre, mon vieux, que la nature !

— Quel peintre, mon vieux, que la nature! répéta Virginie comme un écho, et en imitant la voix de son mari.

Duvallon, interrompu dans ses dissertations, leva le nez, aperçut une tête aimée à la fenêtre du kiosque et la salua de la main. Mais le propriétaire de la tête se pencha et cria :

— Voulez-vous bien laisser la nature tranquille et vous dépêcher de nous rejoindre.

— Voilà, voilà, madame Virginie, répliqua Duvallon, on est à vous pour le reste de la journée. Je vais redevenir homme du monde.

Pour qu'on ne pût en douter, il secoua la cendre d'Ernestine, l'enferma dans son étui et pénétra dans le petit salon.

VIII

Pendant que le peintre entrait dans le kiosque, Mathilde s'empressait d'en sortir, de rejoindre Marcel et de l'entraîner vers un autre point du parc.

La conversation qu'elle venait d'avoir avec sa mère lui avait donné à réfléchir, et elle s'était aussitôt demandé si, par suite d'un malentendu, elle n'était p as sur le point de compromettre son bonheur ; s'il n'aurait pas mieux valu s'expliquer franchement avec Marcel et lui demander son secret, que de charger M. d'Auvray de le découvrir. Était-il délicat de prendre son père pour confident des mésintelligences survenues entre elle et son mari? Ce dernier ne devait-il pas être tout pour elle, et, comme le disait Mme d'Auvray, le mariage n'était-il pas non seulement l'union de deux cœurs, mais l'accord de deux pensées? Était-elle bien en droit de reprocher à Marcel d'avoir gardé le culte de quelque lointain souvenir et de ne pas se donner tout entier, lorsqu'elle-même le trahissait, pour ainsi dire, en lui cachant ses impressions et ses craintes?

Ces idées, une fois entrées dans un esprit droit comme celui de Mathilde, devaient faire un rapide chemin. En quelques instants, pendant que sa mère parlait encore, elle s'était décidée à s'expliquer avec son mari, à lui confier ses griefs, à lui ouvrir son cœur.

Lorsqu'elle eut fait quelques pas dans l'allée et qu'elle jugea le lieu assez solitaire pour causer librement, elle s'assit sur un banc, invita Marcel à prendre place auprès d'elle, et sans hésitation, résolûment, le regardant bien en face, elle lui dit :

— Donne-moi ta main et réponds-moi, non comme à ta femme, mais comme à la sœur.

Étonné, presque effrayé de ce préambule, il leva la tête et attendit.

— Tu m'as épousée, continua-t-elle, parce que je t'aimais, n'est-ce pas? Par bonté, par pitié, par dévouement. Si tu veux un mot plus doux, je l'accepte et j'y crois : par tendresse.

— Efface les autres et garde celui-là, répondit-il.

— Soit! Mais il me manque, reprit Mathilde, ce qu'une autre possède : ton amour.

— Que dis-tu là? s'écria Marcel, qui ne put cacher son trouble. Que supposes-tu, que crains-tu? Parle.

— Je ne suppose pas, je ne crois pas. Je suis sûre.

— Sûre... de quoi?

— J'attendais une preuve pour avoir cette explication avec toi. Mais je n'ai plus besoin d'attendre; cette preuve, tu me l'as fournie toi-même.

Il allait parler; elle reprit vivement :

— Je ne t'accuse pas, je ne t'en veux pas. Je sais que tu luttes, je sais que tu souffres. N'essaye pas de me tromper... ne nie pas... c'est inutile... Il y a longtemps déjà... Avant de savoir, j'ai deviné.

Il voulut encore l'interrompre; elle ne lui en laissa pas le temps.

— Je ne te demande pas quelle est cette femme, continua-t-elle. Que me fait son nom! Je voulais le connaître pour te prouver que je sais tout et t'obliger à me prendre pour confidente. A présent, je n'ai plus besoin de le savoir. « Laisse-moi, laisse-moi, lui disais-tu, cette nuit, dans ton sommeil; je ne t'aime plus, je ne veux plus, je ne dois plus t'aimer. » Et tu m'appelais à ton aide. Tu n'as pas senti que je t'entourais de mes bras, que j'embrassais ton front brûlant. Tu t'es calmé sur mon cœur et ton sommeil est devenu paisible.

Pendant qu'elle parlait, Marcel avait passé par de vives émotions. Un instant il s'était cru perdu; les dernières paroles de Mathilde le rassurèrent. Il prit sa main et l'embrassa tendrement.

— Eh bien! voilà ce que je veux, reprit-elle avec une douceur et une grâce infinies, non dans un rêve, mais dans notre vie : que mon cœur soit ton refuge. Qui t'aidera à combattre, à chasser ce souvenir, qui t'aidera à m'aimer, si ce n'est moi?

Il se sentit touché jusqu'au fond de l'âme, et attirant Mathilde vers lui :

— Ah! de quel nom t'appeler, s'écria-t-il. Comment te dire le bien et le mal que tu me fais en même temps? Tu souffrais, tu souffres par moi, et c'est toi qui me consoles. Ah! je t'aime! je n'aime que toi!

Elle lui sourit doucement et dit :

— Pas encore.

Et, comme il voulait protester :

— Il faudra bien que cela vienne, continua-t-elle. Je ne demande qu'une chose : confiance! et je réponds de tout.

— Confiance? répéta-t-il sans comprendre.

Elle le regarda bien en face et reprit :

— D'où venait cette agitation, ce trouble? Cette femme... tu as donc peur de la revoir?

— Cette femme... Ah! ne parlons plus d'elle.

— Pourquoi?

— Elle est morte! dit-il en se levant.

— Morte!

— Oui.

— Ah!

Elle parut réfléchir. Puis elle se leva, rejoignit Marcel, lui prit le bras, et, toujours avec douceur, elle lui dit, en l'entraînant vers la maison :

— Eh bien! raison de plus pour parler d'elle. Comment veux-tu que je sois jalouse? Tu me diras ce qui t'a fait l'aimer, pour que je prenne exemple sur elle... Allons, monsieur, continua-t-elle, en se pressant contre lui, ne vous tourmentez plus! Votre femme vous chérit, ne se plaint pas, ne vous fait aucun reproche, ne demande qu'à partager vos peines, à les calmer, à les guérir, et vous promet d'attendre patiemment, courageusement, que vous l'aimiez comme elle vous aime. C'est beaucoup exiger, n'est-ce pas? Vous voilà bien à plaindre et je vous conseille de vous trouver malheureux !

Il s'était arrêté et il la regardait. Jamais elle ne lui avait paru plus séduisante : les émotions qu'elle venait d'éprouver animaient son visage d'ordinaire un peu pâle; ses grands yeux bleus étaient humides, et comme elle en avait conscience, elle essayait de sourire pour cacher son trouble. Tandis que les bords d'un coquet chapeau de paille répandaient, sur son front et sur ses joues, de délicates ombres, un rayon de soleil filtrant à travers le feuillage, mettait en pleine lumière ses épaules et sa poitrine, dont une gaze légère laissait deviner les gracieux contours.

Marcel jeta un coup d'œil autour de lui, dans l'allée, dans les charmilles voisines. Il reconnut qu'il était bien seul avec Mathilde. Alors il étendit le bras et lui entoura la taille. On aurait dit qu'elle pressentait ce mouvement : elle se cambra d'abord légèrement, puis, s'abandonnant peu à peu, elle se laissa glisser et vint s'appuyer sur la poitrine de son mari. Il y avait, tout à la fois, dans cet abandon, dans cette pose, de la chasteté et de la provocation. Les sens paraissaient éveillés, mais comme ils s'éveillent chez la femme vraiment honnête : seulement lorsque le cœur a parlé. Le sang leur monte à la tête, comme... aux autres, mais il s'est longuement arrêté au cœur, et s'y est purifié.

Le chapeau qui la couvrait s'était détaché et le regard de Marcel, ne rencontrant aucun obstacle, pouvait se baisser sur elle, descendre à son aise et l'embrasser tout entière. Les yeux étaient à moitié fermés ; les narines semblaient palpiter ; à travers les lèvres où le sang abondait, brillaient des dents éclatantes de blancheur ; la poitrine se soulevait à temps égaux ; la taille ondulait sous le bras qui la tenait pressée ; les hanches s'accusaient nettement ; et, un petit pied finement chaussé, battait nerveusement le sable de l'allée. De ses cheveux, de tout son être, montait jusqu'à Marcel comme un discret parfum. C'était enivrant et c'était chaste.

Le soleil commençait à descendre et répandait de grandes ombres dans le parc ; de la terre s'échappaient de chauds effluves ; les oiseaux chantaient dans les bosquets en fleurs.

Tout à coup Marcel se pencha vers Mathilde et les lèvres des deux jeunes mariés se joignirent. C'était le premier baiser que Marcel donnait à sa femme sans arrière-pensée, tout entier à l'heure présente, sans se souvenir du passé.

IX

M. d'Auvray s'était rendu, le matin, à Paris sans idée bien arrêtée, au sujet de la mission que sa fille lui avait confiée la veille. La remplirait-il consciencieusement ? Ou bien, pour la première fois de sa vie, résisterait-il aux prières de sa Mathilde bien-aimée ? Il ne se dissimulait pas l'inoppor-

— Nous avons été lâches ! s'écria-t-il.

tunité de cette enquête sur Marcel. Autant il eût été autorisé à la faire avant le mariage, autant aujourd'hui il devait l'éviter. Le passé de son gendre ne le regardait plus. Ne l'avait-il pas pour ainsi dire approuvé le jour où il avait consenti au mariage de Mathilde? Mais, en même temps, il se souvenait des paroles de sa fille : « Ce n'est pas, avait-elle dit pour le décider à se rendre rue de la Baume, la satisfaction d'une vulgaire jalousie

que je te demande, c'est le moyen de sauver mon bonheur. Je sais sûre
de vaincre ; mais il faut que je connaisse l'ennemi. » Elle avait peut-être
raison. Et quel reproche ne se ferait-il pas un jour, si Mathilde, devenue
malheureuse, lui disait qu'il aurait pu la sauver ! Il se rappelait aussi qu'elle
l'avait menacé de faire elle-même son enquête. N'y aurait-il pas, dans une
démarche de ce genre, si elle était découverte, un véritable danger ? Marcel
ne serait-il pas en droit de reprocher à sa femme d'avoir manqué de confiance en lui et essayé de surprendre des secrets qui ne lui appartenaient
pas ? Si quelqu'un devait se compromettre, n'était-il pas préférable que ce
fût M. d'Auvray, qui pourrait toujours soutenir avoir agi pour son propre
compte ? Enfin était-il probable que son enquête réussît, et, en admettant
qu'il obtînt quelques renseignements, ne serait-il pas maître de les garder
pour lui, s'il les jugeait dangereux pour sa fille ?

Il faisait ces réflexions dans son cabinet de la Chaussée-d'Antin, tout en
donnant des instructions à ses employés et en dépouillant sa correspon-
dance. Vers trois heures, après avoir constaté que ses ordres de bourse
avaient été exécutés, il se trouva libre, et, pour plus de mystère, se rendit
à pied rue de la Baume.

Le concierge Verdier se montra d'abord très réservé, lorsque M. d'Auvray l'eût questionné. Il soutint énergiquement, dans un langage préten-
tieux, que l'immeuble dont l'administration lui était confiée, n'avait jamais
servi d'asile à aucun couple amoureux, que ses murs étaient vierges de
toute relation illicite. Mais quelques louis rafraîchirent bientôt sa mémoire.
Il en vint à reconnaître que, par exception, tout à fait par exception, un
petit appartement du rez-de-chaussée avait été habité par un brave jeune
homme bien tranquille, si tranquille qu'il ne recevait jamais de visite ou
presque pas : une dame, toujours la même, de loin en loin. Aux premiers
louis le banquier en ajouta quelques autres, et le discret concierge devint
des plus communicatifs.

M. d'Auvray, suffisamment renseigné, se rendit à la gare de l'Ouest et
monta dans le train de 4 heures 25. A Maisons il renvoya la voiture qui
l'attendait à la station et prit à pied la route de sa villa. Il s'était trouvé,
pendant son court voyage en chemin de fer, avec des personnes de connaissance, et, obligé de causer avec elles, il n'avait pas eu le loisir de songer
aux communications du concierge Verdier. Maintenant il se donnait tout
le temps d'y penser en parcourant à pied la longue avenue Églé. Mais elles
ne devaient pas être de nature très alarmante, car s'il avait l'air un peu
soucieux, il ne paraissait ni ému ni agité. Il marchait seulement assez vite,

comme une personne pressée d'arriver chez elle et de mettre à exécution un projet qu'elle vient de former.

En effet, après avoir franchi la grille du parc, M. d'Auvray, au lieu de rejoindre sa famille, comme d'habitude, se retira dans son cabinet de travail, sonna un domestique et lui ordonna de chercher Mme Duvallon, et, si on la trouvait seule, de la prier de venir lui parler.

X

Au bout d'un instant, Virginie, qu'on avait rencontrée dans les parterres, occupée à se faire un bouquet, entra souriante dans le cabinet de son hôte, et marchant vers lui :

— Quoi ! lui dit-elle, vous me donnez maintenant des rendez-vous ? J'accours à votre appel, mais je suis scandalisée.

— Apprêtez-vous à l'être bien davantage, dit M. d'Auvray.

— Ah ! mon Dieu, qu'allez-vous me dire ? fit-elle en s'asseyant.

Le banquier s'assit en face d'elle, et sans préambule :

— Je viens de la rue de la Baume, madame, reprit-il

Virginie le regarda et répondit du ton le plus naturel :

— Rue de la Baume, dans les nouveaux quartiers ?

— Justement. Vous la connaissez ?

— Oui

— Je m'en doutais, le numéro 11, n'est-ce pas ?

— Le numéro 11, répéta-t-elle, en paraissant chercher. C'est une charade, n'est-ce pas ?

— Oui, dit M. d'Auvray, et j'en sais le mot.

— Alors dites-le-moi tout de suite, car je ne devinerai jamais, fit-elle vivement et du ton le plus enjoué.

M. d'Auvray se leva et, appuyé contre la cheminée, il répondit gravement :

— Le mot est un mari trompé, une famille abusée, le bonheur d'une jeune femme compromis et peut-être à jamais perdu.

La physionomie de Virginie avait changé d'expression.

— Pardon, fit-elle, il s'agit, je le vois, d'une chose sérieuse. Je ne ris plus, mais je ne comprends pas davantage.

— Vous allez comprendre, répliqua M. d'Auvray. J'ai fait parler M. Verdier. Les concierges sont curieux, vous savez... c'est une infirmité de l'espèce. M. Verdier n'en est pas exempt. Il cherche à regarder sous les voiles et quand il ne peut y parvenir, il suit les femmes voilées, jusqu'à la voiture qui les attend au coin de la rue, et il entend l'adresse qu'elles donnent à leur cocher.

— L'adresse, répéta-t-elle.

— Rue Larochefoucauld, numéro 30.

— Chez moi?

— Vous l'avez dit.

Mme Duvallon regarda de nouveau M. d'Auvray pour s'assurer qu'il parlait sérieusement. Elle ne put en douter et s'écria :

— Voyons, voyons, monsieur, je n'y suis pas du tout, je vous le jure. Qu'est-ce que cette maison, cette femme, ce cocher, et qu'est-ce que mon adresse vient faire là-dedans?

—Cette maison, répondit très lentement, M. d'Auvray, est celle où M. Berthier, aujourd'hui mon gendre, cachait ses bonnes fortunes avant son mariage. Cette femme est celle qui venait le voir clandestinement dans ce domicile ignoré de tous. Ce cocher est celui auquel elle donnait son adresse pour la reconduire chez elle, et cette adresse, je viens de vous la dire : rue Larochefoucauld, 30.

Elle s'était levée, et, se plaçant en face de M. d'Auvray, elle s'écria avec indignation :

— Et c'est moi, moi que vous soupçonnez !

— Vous occupez seule le numéro 30, fit observer le banquier.

— Mais, monsieur, mon mari reçoit dans son atelier des modèles, des clientes.

— Duvallon ne peint pas le portrait, et les modèles n'entourent pas de tant de mystère leurs rendez-vous d'amour.

— Enfin, j'ai des connaissances, des amies... que M. Marcel a rencontrées dans mon salon. L'une d'elles n'a-t-elle pu, en sortant de cette rue, venir en visite chez moi ?

— Ce jour-là précisément, le jour où M. Verdier a ouvert l'oreille ?

— Pourquoi pas?

— Croyez-vous le hasard capable d'une telle noirceur? demanda-t-il ironiquement.

Elle releva la tête avec dignité et dit :

— Vous aimez mieux me croire, moi, coupable d'une infamie.

Il ne se laissa pas intimider. Cependant l'assurance de Virginie lui donnait à réfléchir, et, sans abandonner ses idées, il fallait essayer de les présenter sous une autre forme :

— Permettez, dit-il d'un ton moins sérieux. C'est vous qui employez ces grands mots. Etant donnée cette situation : un jeune homme et une jeune femme, celle-ci vive, enjouée, un peu coquette, un peu légère, mariée à un homme plus âgé qu'elle, qui n'a jamais eu la prétention de lui inspirer un violent amour... le jeune homme, élève favori du mari, familier dans la maison... un cœur à former, une éducation... sentimentale à faire, agréable passe-temps pour les loisirs d'une femme inoccupée... jusqu'au jour où l'éducation finie, et l'élève reçu bachelier, on songe à le caser dans la vie et à lui choisir une compagne.

— Parmi les filles de ses amies, continua Virginie.

— Certainement, reprit-il, toujours le sourire sur les lèvres, les bons maris sont si rares ! On a un trésor dans la main ; à qui ferait-on ce cadeau, si ce n'est à une préférée? Vous le voyez, tout cela est simple, naturel, vulgaire au possible, et, à la rigueur, on n'avait pas besoin des oreilles de M. Verdier. Si je n'étais navré pour mon pauvre Duvallon et inquiet pour le repos, le bonheur de ma fille, cela me serait bien égal, madame, je vous le jure. Je n'ai pas la prétention d'avoir un gendre immaculé...

Elle ne lui permit pas d'achever, et, d'une voix indignée, elle s'écria :

— Autant moi qu'une autre, n'est-ce pas ? C'est odieux, monsieur ! Quelle idée avez-vous donc des femmes? Cela vous semble tout simple, tout naturel, dites-vous? Simples, naturelles, ces suppositions outrageantes !... Moi, la maîtresse de ce jeune homme, et je l'aurais introduit chez vous pour lui faire épouser Mathilde ! Et, sans doute, vous supposez que je continue... Qui sait jusqu'où peut aller votre imagination? Ah ! monsieur, monsieur, je ne trouve pas de mots pour vous dire... Mon mari est plus âgé que moi, c'est vrai, mais il m'a prise orpheline, sans dot, sans avenir... Vous savez comme moi tout ce qu'il y a de désintéressement, de bonté, de naïve grandeur dans cette belle âme. Mon ingratitude le tuerait... et j'aurais pu le trahir, et j'aurais choisi pour complice son élève favori, son ami, son fils presque, afin de lui porter à la fois deux coups affreux ; car tout se découvre... Non, monsieur, non, je ne fais pas de ces choses-là... Si je n'ai pas rencontré dans mon mariage cette passion que, pour me servir de vos paroles, mon mari n'a pas eu la prétention de m'inspirer, je me suis défiée, Dieu merci, des rêveries dangereuses, et j'ai mis dans mon cœur tant de sainte affection et de tendre reconnaissance, que je n'y ai pas laissé de place pour les amours défendues. Ne me reprochez pas ma gaieté : elle prouve que je vis en paix avec moi-même. Je suis une honnête femme, monsieur d'Auvray. Regardez-moi bien en face. Je ne rougis pas.

En parlant ainsi, cette gracieuse personne, faite seulement pour plaire et pour charmer, s'était métamorphosée. Son geste était énergique, sa voix vibrante, émue ; dans ses yeux on voyait briller une larme. Elle n'était plus jolie ; elle était vraiment belle.

Cette fois, M. d'Auvray fut sérieusement ébranlé : mais, comme il était pratique avant tout, et qu'il existait un fait réel et palpable, il reprit :

— Alors vous connaissez cette femme ; vous devez la connaître. C'est dans votre salon, sans doute, que s'est nouée l'intrigue. Que savez-vous? Qui soupçonnez-vous?

— Rien... rien dans ce moment, je vous l'atteste. Laissez-moi chercher, rassembler mes souvenirs. J'ai autant d'intérêt que vous à savoir la vérité.

M. d'Auvray réfléchit un instant et répondit :

— Soit, rassemblez vos souvenirs, mais songez que je n'ai aucun sentiment de haine contre celle dont je cherche le nom. Le passé ne me regarde pas; mais je dois veiller sur l'avenir. Ces vieilles passions ont parfois des regains, et je ne crois pas monsieur mon gendre doué d'une grande dose de volonté. Il s'agit du bonheur de Mathilde, je veux connaître cette femme, et, soyez-en sûre, je la connaîtrai.

Ces derniers mots, prononcés d'une voix ferme et par un homme si résolu, avaient une véritable portée, et auraient effrayé une coupable ; mais ils n'eurent pas le don d'émouvoir Virginie. Elle paraissait seulement fatiguée par cette scène inattendue et un peu vive, où, pour défendre son honneur attaqué, elle avait dépensé toute l'énergie dont elle était capable.

M. d'Auvray l'observa quelques minutes, puis, désespérant d'être instruit par elle, doutant même qu'elle pût l'instruire, il lui rendit sa liberté, et, quittant son cabinet, il s'éloigna dans la direction du parc.

XI

Il s'y promena longtemps, plus soucieux, plus agité depuis sa conversation avec Virginie, qu'il ne l'était en arrivant de Paris. Il croyait alors avoir découvert la mystérieuse inconnue qu'on lui avait donné mission de trouver. Il voyait le danger, il était prêt à le combattre et à le vaincre. Quelques mots devaient suffire, pensait-il, pour confondre Virginie et pour lui faire ensuite comprendre que sa place n'était pas auprès de Marcel Berthier.

Leur liaison n'existait plus, il n'en doutait pas. Une rupture des plus complètes avait eu lieu depuis le mariage de Marcel et de Mathilde ; mais, l'ancienne maîtresse de son gendre devait, par pudeur, sinon par prudence, s'éloigner de la maison conjugale. Il avait résolu cette exécution et s'en était chargé, lorsque, au bout d'une demi-heure d'entretien, toutes ses certitudes s'étaient évanouies. Le danger existait toujours, le délit était évident, mais le corps du délit lui échappait. Mathilde ne s'était pas trompée dans ses soupçons : une femme avait longtemps rempli la vie de son mari ; M. d'Auvray s'était mis à la recherche de cette inconnue, et, au moment où il croyait l'atteindre, elle avait disparu. Où se cachait-elle ? Comment conjurer le danger ?

Ces différentes réflexions le tourmentaient, en même temps qu'une vague inquiétude, des soupçons qu'il n'aurait pu préciser, et qui n'avaient aucune forme, aucun corps, lui traversaient l'esprit. Habitué à lutter contre des réalités, contre des chiffres pour ainsi dire, à poursuivre un but déterminé et visible, il s'effrayait de ces ténèbres. Il sentait qu'il aurait à combattre quelque chose d'obscur, de profond, de subtil, de féminin, et sa nature droite s'alarmait. Une espèce de tristesse inconsciente et inavouée, sans motif apparent, s'était emparée de lui, et devenu rêveur, par exception, il s'enfonça dans les allées les plus solitaires du parc.

Tout à coup une idée le frappa : Si Virginie était innocente, comme elle le soutenait, elle n'aurait rien de plus pressé que d'aller faire part à son mari des soupçons dont elle était l'objet. Duvallon se plaindrait aussitôt à Marcel, qui saurait ainsi à quelle enquête, au moins bizarre, on s'était livré sur son compte. M. d'Auvray s'avoua qu'il avait eu tort de ne pas prier Virginie de lui garder le secret. Il est assez délicat sans doute de demander un service à une personne que l'on vient d'offenser, mais le cas était grave, il fit taire ses scrupules et entreprit de trouver Mme Duvallon pour obtenir de son amitié quelque prudence et quelque réserve en cette affaire.

Ses craintes étaient justifiées; seulement il les concevait trop tard. Depuis une demi-heure Virginie, très agitée à la suite de son entretien avec M. d'Auvray, cherchait, de son côté, Duvallon pour lui confier son mécontentement et son chagrin. Elle le trouva dans l'atelier, occupé de divers préparatifs pour le travail du lendemain. Marcel, à la suite de son tête-à-tête avec sa femme, venait de le rejoindre et rangeait aussi des toiles et des couleurs.

Virginie, dès qu'elle aperçut le jeune peintre, s'élança vers lui avec sa vivacité habituelle et l'apostropha de la sorte :

— Ah ! vous voilà, vous ! Je ne suis pas fâchée de vous voir.

— Qu'as-tu après lui ? demanda Duvallon de sa place.

— J'ai... que monsieur avait des intrigues avant son mariage, et qu'on vient de me faire l'honneur de me prendre pour une de ses victimes.

— Toi ! fit le peintre, qui, devenu tout à coup sérieux, rejoignit sa femme.

— Oui, moi ! reprit Virginie. Vous m'en voyez encore la rougeur au front.

— Qu'est-ce que cette plaisanterie ? Elle n'est pas drôle, je t'en préviens.

— Une plaisanterie ! demandez à M. d'Auvray si c'est une plaisanterie ?

— M. d'Auvray ?

— C'est lui qui vient de me faire ce compliment. Voilà ce que me valent les équipées de votre élève !

Aux premiers mots de Virginie, Marcel, devinant un danger, avait pâli, mais il se taisait par prudence, pour cacher son émotion, et dans la crainte de se livrer inutilement si le danger n'existait pas.

Lorsqu'il fut parti, Hélène tomba brisée, anéantie !...

D'une voix, qu'il essaya de rendre calme, il pria Virginie de s'expliquer.

— Quoi ! s'écria-t-elle, vous ne comprenez pas qu'il m'a prise pour elle ?

— Elle, qui ? demanda Duvallon.

— Eh ! je ne la connais pas. Sans cela...

— Madame, madame, fit Marcel, qui n'était plus maître de lui, je vous en supplie, que vous a dit M. d'Auvray ? Comment a-t-il pu supposer ?...

— Que j'étais la femme voilée de la rue de la Baume...

Marcel étouffa un cri.

— Plaît-il? demanda Duvallon.

— Parce qu'un jour, continua Virginie, le concierge a entendu cette dame donner mon adresse à son cocher.

— Ton adresse? fit le peintre.

— Elle venait en visite chez moi, sans doute, et peut-être m'a-t-elle dit qu'elle sortait... d'une réunion de bienfaisance. Ah! les femmes !

— C'est donc une de tes amies?

— Je l'ignore. Mais je la connaîtrai bientôt; nous sommes deux pour la chercher.

— Tu peux dire trois, morbleu! s'écria Duvallon, je ne dormirai pas avant de l'avoir trouvée. D'Auvray a pu croire... Ah ! mais oui... je veux des preuves... et tout de suite... Il faut qu'un doute ne soit pas possible.

Et cet homme, d'ordinaire si gai, si bon enfant, si placide, devenant tout à coup emporté, violent, à l'idée qu'on s'attaquait à sa femme, marcha vers Marcel, le prit par le bras et le secouant avec force :

— Malheureux! comprends-tu! lui dit-il, comprends-tu! c'est ma femme, ma femme qu'on accuse !... Ce nom, ce nom, je veux le savoir!

— Il n'y a pas de nom, répliqua Marcel, il n'y a pas de femme, il n'y a personne.

— Vous ne pouvez répondre autre chose, en effet, fit observer Virginie, mais nous n'avons pas besoin de vous. Il m'a semblé qu'en me quittant, M. d'Auvray était déjà sur une trace.

Marcel devint encore plus pâle.

— Que dites-vous? s'écria-t-il.

Virginie lui avait tendu un piège; il y était tombé.

— Ah! reprit-elle, il y a donc quelqu'un ? D'ailleurs, toute dénégation est impossible... rue de la Beaume, n° 11... vous avez tressailli quand j'ai prononcé ces mots, et je vous répète que M. d'Auvray sait tout, moins le nom de la personne. Vous connaissez M. d'Auvray, soyez tranquille, il la trouvera.

Cette espérance lointaine ne pouvait suffire à l'irascible Duvallon.

— Et, s'écria-t-il, s'il met huit jours, quinze jours, un mois pour la trouver, tu resteras pendant tout ce temps sous le coup d'un tel soupçon! Non, non, je ne le veux pas !

Il se tourna vers Marcel, et lui dit plus doucement, comme s'il voulait le convaincre, le toucher :

— Voyons, tu ne peux pas laisser une pareille accusation entacher son honneur. Que crains-tu? D'Auvray n'a aucun intérêt à compromettre cette femme... Comment, tu hésites?

Marcel baissa la tête et dit :

— Faites ce que vous voudrez, je refuse.

Duvallon devint terrible.

— Tu refuses? s'écria-t-il. Vraiment, tu refuses! et tu crois que cela va se passer ainsi! Prends garde!... Quand il s'agit de Virginie, je suis capable de tout, des choses les plus insensées... Je suis capable de te provoquer, de me battre avec toi!... Oui, de me battre!... Ce sera la première fois, mais ce n'est pas le courage, c'est l'occasion qui m'a manqué... Je te le jure, si tu ne trouves pas moyen de disculper Virginie, nous nous battrons... Un duel à mort, entends-tu? un duel terrible, un duel à l'américaine... Je suis comme cela, moi, quand je m'y mets.

Il élevait la voix, il gesticulait, il arpentait le sol. Personne n'aurait pu reconnaître dans ce pourfendeur, ce matamore, l'aimable paysagiste, aussi estimé par son sympathique caractère que par son talent.

Comme Marcel ne répondait pas, Duvallon interrompit sa course, se planta devant lui, se croisa les bras et dit :

— Voyons, j'attends.

— Que voulez-vous que je fasse? s'écria Marcel.

— Que tu dises ce nom à d'Auvray.

— Jamais !

— Jamais ! répéta le peintre au comble de la fureur.

Peut-être allait-il se passer entre ces deux hommes quelque chose de grave, lorsque tout à coup Virginie s'approcha, prit le bras de son mari et dit, en désignant Marcel :

— Laisse-le, j'ai une idée.

Duvallon s'arrêta, regarda sa femme, et, d'un ton bourru :

— Voyons ton idée, répliqua-t-il, et qu'elle soit bonne, parce que... autrement...

— Le concierge en question, reprit Virginie, n'a pas vu la figure de cette dame, soit ! Mais il connaît sa taille, sa tournure, il a entendu sa voix... Elle est venue plusieurs fois dans cette maison, je suppose, souvent peut-être ; il a pu remarquer des détails, des particularités...

— Eh bien?

— Eh bien! que M. d'Auvray aille le chercher, qu'il l'amène ici, aujourd'hui, à l'instant, et l'oblige à examiner, à observer. On n'aura plus de doute sur moi, quand cet homme affirmera que la dame voilée n'est pas au milieu de nous.

— Tu as raison, ma femme, s'écria Duvallon, tu as raison. J'ai le droit d'exiger cette épreuve. Il le faut, je le veux, et je vais à l'instant...

Il se dirigeait déjà vers la porte, lorsque Marcel, s'élançant tout à coup et lui barrant le passage, lui dit d'une voix ferme, énergique :

— Ne faites pas cela, n'amenez pas cet homme.

— Pourquoi ?

— Parce que s'il vient, s'il la voit, s'il la reconnaît, elle est perdue, et qu'il faut, au contraire, que vous m'aidiez à la sauver.

— A la sauver !

— Qui donc ? demanda Virginie.

— Oui, qui ? Parlez, fit Duvallon.

— Ne devinez-vous pas ? dit Marcel en baissant la tête.

— S'il la voit, s'il la reconnaît, dites-vous ; elle est donc ici ? continua Virginie. Vous vous taisez. Mais ici, nous sommes trois : votre femme, moi, et... mon Dieu ! mais non, c'est impossible !

— Quoi ! qu'est-ce qui est impossible ?... demandait Duvallon. Je ne comprends pas... je ne veux pas comprendre.

— Et vous vous taisez toujours ? s'écria Virginie qui s'était approchée de Marcel et le regardait en face. C'est donc elle ?... C'est donc...

Duvallon l'arrêta. Il était aussi pâle que Marcel, et, se sentant défaillir, il se laissa tomber sur un fauteuil et on l'entendit murmurer :

— Malheureux ! malheureux !

— Ah ! ne m'accablez pas, dit Marcel à voix basse. Vous ne pouvez pas savoir ce que j'ai souffert et ce que je souffre encore.

Ces paroles, au lieu d'attendrir le peintre, lui rendirent une partie de son énergie :

— Je me moque bien de tes souffrances ! fit-il en se relevant avec vivacité. Il s'agit bien de toi !... Pauvre d'Auvray, pauvre Mathilde ! continua-t-il... Et elle, elle ! Oh ! c'est affreux !... Et c'est moi qui l'ai introduit dans cette maison. C'est moi qui ai apporté au milieu d'eux le malheur et la honte. Moi, moi, Duvallon, moi qui donnerais tout pour eux !... Sais-tu ce que d'Auvray a fait pour moi ? Sais-tu ce qu'il a été dans ma vie ? Le peu ou le beaucoup que je suis, c'est à lui, à lui seul que je le dois ! Il y a trente ans, sans ressources, sans pain, j'allais renoncer à la peinture, j'allais m'enterrer dans un bureau. Il est accouru, il m'a dit : « Henri, il te faut six ans et trois cents francs par mois pour devenir ce que tu seras, un grand artiste. Étudie, ne te presse pas... Je ne suis bon qu'à gagner de l'argent; j'en gagnerai pour nous deux... » Et, de France ou d'Amérique, jusqu'au jour où l'on acheta mes toiles, j'ai reçu la somme nécessaire à mes besoins... Tu le savais pourtant, tu devais le savoir, car je ne m'en cache pas; c'est lui qui m'impose silence quand j'en parle... Comment faire?... Comment empêcher?... Il va remuer ciel et terre... Il s'est mis en tête de trouver... Peut-être même est-il déjà sur la voie... Un hasard, un mot, un souvenir, peuvent suffire pour cela... Comprends-tu quelle catastrophe, quel coup de foudre!... Il la tuera!... et, Mathilde, Mathilde apprenant qui elle a épousé!... Malheureux!... Et tout cela par la faute, par ton crime... Ingrat, vaurien, galopin!... Tais-toi, ne réponds pas, ne dis rien... je me sens la force de t'écraser!

Et, joignant le geste à la parole, les bras levés, il semblait prêt à laisser retomber ses poings fermés sur Marcel, qui, étendu dans un fauteuil, la tête dans les mains, anéanti, l'avait écouté sans l'interrompre et se serait peut-être laissé frapper sans se défendre.

— Prenez garde! s'écria tout à coup Virginie, en marchant vivement vers eux.

Elle venait d'apercevoir M. d'Auvray debout à la porte de l'atelier, qui s'ouvrait de plain-pied sur le parc.

XII

Après avoir cherché inutilement Virginie dans la villa, il lui était venu malheureusement à la pensée qu'elle pouvait être dans l'atelier et il la rejoignait enfin, trop tard pour obtenir qu'elle ne parlât pas, et en même temps trop tôt, car il avait surpris le geste et les dernières paroles de Duvallon.

Il s'avança et désignant Marcel :

— Qu'a-t-il fait? Qu'as-tu appris? demanda-t-il au peintre. Tu l'accuses, tu l'accables, lui que tu aimes tant. Il s'agit donc d'une mauvaise action, d'une chose honteuse, infâme?

Duvallon voulut l'interrompre. Il ne lui laissa pas le temps de parler et se tournant vers Virginie :

— J'avais raison, lui dit-il, ou bien alors...

Tous gardaient le silence.

— Ah ! reprit-il, en s'animant peu à peu, répondez, je le veux, je veux savoir la vérité. Cette femme, quelle est-elle ?

Alors Virginie s'avança et dit simplement :

— C'est moi.

— Vous ! mais tout à l'heure...

Elle répondit à voix basse en montrant son mari

— Tout à l'heure il ne savait rien. Un hasard lui a tout appris. A quoi bon mentir maintenant ?

Elle s'éloigna, tandis que d'Auvray étonné regardait Marcel, et, passant près de Duvallon, pâle, tremblant, sans force pour protester contre les paroles de Virginie, sans courage pour la démentir, elle murmura à son oreille :

— J'ai payé la dette.

Ces mots produisirent sur le peintre l'effet qu'elle en attendait. Il accepta le sacrifice, il consentit à laisser immoler l'honneur de sa femme pour sauver celui d'Hélène, sa vie peut-être, et voyant d'Auvray encore indécis, encore hésitant, il eut le sublime courage de jouer son rôle dans la comédie imaginée par Virginie, de s'associer directement à son pieux mensonge.

XIII

La situation était donc à peu près sauvée ; les premiers soupçons de d'Auvray confirmés. Virginie s'était, il est vrai, récriée et vaillamment défendue à la première attaque. Elle avait, un instant, convaincu d'Auvray de son innocence. Mais quelle est la femme qui ne trouve pas de superbes accents pour protester contre certaines accusations ? Quelle est la femme qui ne sait pas mentir quand il s'agit d'échapper à un péril? Enfin les renseignements du concierge de la rue de la Baume étaient précis. L'adresse donnée par cet homme était celle de Mme Duvallon. Tout accusait Virginie; et M. d'Auvray, maintenant, s'étonnait d'avoir pu ajouter foi, pendant quelques minutes, à ses dénégations.

Il ne se trouvait plus sous l'empire des obsessions qui l'avaient tourmenté. Son esprit n'était plus envahi par des visions pénibles. La situation devenait nette, précise : Virginie avait été la maîtresse de Marcel, puis, un jour, prise de remords, ou lasse des plaisirs défendus, elle avait permis à son amant de se marier. Celui-ci, tout amoureux qu'il fût de sa femme, se souvenait encore d'un passé charmant ; de là quelques soupirs, quelques regards en arrière qui avaient effrayé la craintive Mathilde. Mais ce passé ne pouvait être dangereux, maintenant surtout qu'il était connu et qu'on saurait l'effacer à tout jamais.

D'Auvray aurait chanté victoire si la position de son ami Duvallon ne l'avait profondément navré. Qu'allait faire le pauvre homme ? Se séparerait-il de sa femme ? Pardonnerait-il ? Mais aussi pourquoi, à son âge, épouser une jeune femme ? Ce qui lui arrivait était facile à prévoir, et le banquier se trouvait un peu naïf d'avoir cru si longtemps à l'honnêteté de Mme Duvallon.

La cloche du dîner venait de sonner. Il se rendit dans la salle à manger où étaient déjà réunis Hélène, Marcel et Mathilde. Virginie, prétextant une violente migraine, s'était excusée, auprès de ses hôtes, de ne pas les rejoindre, et Duvallon avait fait demander par un domestique la permission de terminer une étude de soleil couchant. Ils avaient compris l'un et l'autre que M. d'Auvray pourrait s'étonner de les voir assis, côte à côte, à la même table et surtout à une table où se trouvait Marcel. Ils voulaient jouer jusqu'au bout leur triste rôle.

Grâce à leur absence, chacun des convives put garder ses préoccupations, suivre le cours de ses pensées, sans étonner ou blesser ses voisins. N'était-il pas naturel que la gaîté communicative de Duvallon et de Virginie, venant à manquer tout à coup aux hôtes de la villa, leur première réunion s'en ressentît.

On se sépara dès que le dîner fut terminé. Mathilde monta chez elle avec l'espérance que son mari la rejoindrait ; Hélène se dirigea vers l'appartement de Virginie pour prendre de ses nouvelles, et M. d'Auvray se retira dans son cabinet où il avait à terminer un travail commencé la veille.

XIV

Il était assis, depuis un instant, devant son bureau, lorsque Hélène vint le rejoindre

Après avoir inutilement frappé deux fois à la porte de Virginie, elle avait pensé que son amie reposait, et elle s'éloignait discrètement, sans insister davantage, lorsqu'elle avait rencontré sur l'escalier un domestique qui portait une malle vide.

Interrogé par Hélène sur le transport de cette malle, le domestique répondit que M. et Mme Duvallon venaient de la faire demander.

Qu'est-ce que cela signifiait? Les hôtes d'Hélène avaient-ils donc des projets de départ? Allaient-ils l'abandonner brusquement après lui avoir promis leur société, et l'exposer à se trouver, durant tout l'été, en tête à tête avec son gendre? Cette pensée la bouleversait. Puisqu'elle ne pouvait voir Virginie, elle essaya de rencontrer le peintre, pour obtenir de lui des renseignements précis ; mais elle ne put le joindre, et, de guerre lasse, elle avait pris le parti de se rendre auprès de M. d'Auvray, afin de l'interroger sur les projets de ses amis.

Le banquier ne crut pas devoir cacher à sa femme qu'en effet le départ de Virginie et de Duvallon lui paraissait probable.

— Quel en est le motif? demanda-t-elle. Ce matin ils ne songeaient aucunement à partir.

— Ma chère, répondit d'Auvray, je ne le leur ai pas demandé; je respecte les secrets de mes amis autant que leur liberté.

— Permettez-moi de m'étonner de cette abnégation... Il me semble que si le départ de Duvallon vous contrariait, vous trouveriez moyen de l'empêcher.

— Bah ! tu me crois tant de puissance que cela?

— J'ai éprouvé par l'expérience de toute ma vie, fit-elle d'une voix ferme, que rien ne résiste à vos volontés.

Dans un autre moment M. d'Auvray n'aurait sans doute pas relevé

— Qu'as-tu donc ? demanda vivement Mathilde.

ces paroles, ni remarqué le ton dont elles furent prononcées; mais tout ce qui s'était passé en lui depuis le matin, les émotions qu'il avait subies, l'avaient amolli en quelque sorte. Il se sentait plus communicatif que d'habitude, plus attendri, et, se levant, il répondit à sa femme avec douceur :

— Ma pauvre amie, je commence à croire qu'à la loterie du mariage, il n'y a qu'un gagnant. Je n'étais pas assez... contemplatif pour te donner le bonheur tel que tu le comprenais. Mais je t'ai donné toute mon estime, toute ma confiance, toute ma tendresse, et je t'ai honorée, je t'ai admirée pour cette résignation noble et digne, qui est ta force, à toi.

Elle le regardait étonnée, et comme il lui tendait la main, elle la prit, et, s'approchant de lui :

— Pourquoi ne m'avez-vous pas toujours parlé ainsi? lui dit-elle.

— Est-ce que j'avais le temps? fit-il naïvement.

Elle sourit avec ironie et voulut s'éloigner. Il la retint.

— Ne t'en va pas, lui dit-il, faisons la paix! Que veux-tu? que demandes-tu? Je suis dans mes bons jours, profites-en.

— Je ne vous demande qu'une chose, bien facile pour vous : décidez Duvallon à rester, ou du moins à nous laisser Virginie.

— Virginie!

— J'ai peur de l'isolement, j'ai peur de l'ennui.

— Avec ta fille!

— Ma fille n'est plus à moi.

— Encore cette jalousie!

— Eh bien! oui, je souffre; appelez ça du nom que vous voudrez, mais ne me laissez pas seule ici.

— Je ne compte donc plus, moi? demanda-t-il.

— Vous? fit-elle.

Il se méprit sur le sens de ce monosyllabe. Il vit un reproche là où il n'y avait peut-être qu'une tristesse, un remords, et il répondit :

— Ah! tu m'en veux bien...

— Je m'en veux encore plus à moi-même...

— D'avoir laissé marier ta fille? continua-t-il. Tu voulais donc la garder jusqu'à la fin des siècles, accrochée à tes jupes? Eh bien! triomphe de moi si tu veux, mais relève-toi et oublie tout pour la sauver.

— La sauver! s'écria-t-elle sans comprendre.

— Oui. Je ne devrais peut-être pas trahir ce secret, il ne m'appartient pas; mais je veux te montrer la confiance que j'ai en toi. Tu redoutes l'ennui, voici une occupation : Mathilde n'est pas heureuse.

— Qui vous l'a dit?

— Elle-même... et c'est Virginie, entends-tu, Virginie qu'il faut écarter de son chemin.

— Virginie! répéta-t-elle.

— Comprends-tu maintenant, continua d'Auvray, pourquoi Duvallon l'emmène, et pourquoi je ne puis la retenir?

— Non... je... je ne comprends pas.

Il se rapprocha d'elle encore davantage et lui dit à voix basse :

— Virginie a été la maîtresse de Marcel pendant plusieurs années, et, peu de jours avant le mariage, ils avaient encore des rendez-vous.

— C'est faux ! s'écria-t-elle.

Il la regarda et lui dit :

— Comment, c'est faux ! J'en ai eu la preuve moi-même, et elle a tout avoué à Duvallon.

Elle oublia toute prudence, et, dominée par un seul sentiment, elle répéta de nouveau :

— Je vous dis que c'est faux !

'l pâlit, et, assis, le coude sur son bureau, la tête dans la main, il continua à l'observer en silence.

— Une pareille trahison ! ce serait odieux ! reprit-elle.

— De qui parlez-vous ? demanda-t-il froidement, de lui ou d'elle ?

— Elle a avoué ? Vous dites qu'elle a avoué ?

Elle s'arrêta, soit qu'elle comprît qu'elle se trahissait, soit que l'amour maternel l'emportât sur tout autre sentiment, et elle ajouta :

— Mais il ne s'agit que de ma fille. C'est à elle seule que je dois penser.

Les traits contractés, mais toujours froid, la voix toujours calme, il lui dit :

— A qui penseriez-vous, si ce n'est à votre fille ? Il y a donc une autre personne que cette trahison pourrait atteindre... et qui la trouve tellement incroyable que, même après l'aveu de Virginie, elle ne veut pas y ajouter foi ?

Les imprudences qu'elle venait de commettre se dressèrent, pour ainsi dire, tout à coup, devant elle. Elle comprit qu'elle était soupçonnée, perdue peut-être, et, au lieu de se récrier, de se défendre, elle se troubla, balbutia, perdit la tête.

XV

Alors toutes les ténèbres qui environnaient M. d'Auvray depuis son enquête rue de la Baume se dissipèrent. Une terrible lueur se fit dans son esprit.

En même temps il se levait, s'approchait d'Hélène et, la tenant sous son regard :

— Pourquoi, jusqu'au dernier moment, lui disait-il, vous êtes-vous opposée au mariage de Marcel et de Mathilde? Pourquoi, depuis leur mariage, cette tristesse que vous ne pouvez vaincre, ce désespoir sombre que vous ne pouvez cacher, cette révolte, cette haine contre moi, qui, tout à l'heure encore, perçaient dans vos paroles? Pourquoi avez-vous crié avec tant de conviction : « C'est faux! » quand j'ai accusé Virginie?

— Monsieur! Monsieur! que voulez-vous dire? murmura-t-elle en essayant de se défendre ou plutôt de se débattre.

Mais il continuait, sans prendre garde à ses paroles :

— Pourquoi Virginie elle-même a-t-elle protesté d'abord, comme vous, quand je l'ai accusée? Pourquoi, quelques instants après, s'est-elle avouée coupable?... Elle avait compris que son innocence vous perdait, et alors elle s'est sacrifiée!

On entendit Hélène qui murmurait encore :

— Monsieur! je ne comprends pas!

— Vraiment! vous ne comprenez pas, reprit-il, eh bien! je vais vous faire comprendre!

Il lui serra les mains avec force, l'attira à lui et, d'une voix terrible :

— Vous êtes, lui dit-il, la femme voilée de la rue de la Baume! Vous avez été la maîtresse de votre gendre! Vous êtes la rivale de votre fille!

En disant ces derniers mots, il lui avait si brusquement lâché les mains qu'elle était tombée à genoux. Fou de colère, il promenait ses regards autour de lui; peut-être cherchait-il une arme pour la frapper.

Mais, dans la pièce voisine, il entendit sa fille qui chantait :

> D'où nous venons, on l'ignore ;
> Où nous allons, qui le sait ?
> La vie est-elle l'aurore
> Ou le couchant du secret ?
>
> Les pleurs qu'on verse dans l'ombre,
> Rosée amère du cœur,
> Par delà le tombeau sombre
> Deviennent-elles bonheur ?
>
> Aucune voix qui réponde ;
> L'âme ignore son chemin,
> Hommes ! (question profonde)
> Où nous conduit le destin ?

.   .   .   .
.   .   .   .

Alors cet homme, qui n'avait peut-être jamais pleuré, tomba sur un fauteuil et éclata en sanglots, tandis que la voix allait s'éloignant et s'éloignant peu à peu.

XVI

M. d'Auvray passa la soirée seul dans son cabinet. Vers neuf heures, Mathilde, inquiète de ne pas le voir, vint frapper à sa porte. Il la reçut, mais il se contenta de l'embrasser tendrement, sans lui permettre de s'asseoir à ses côtés et de l'entretenir de ces mille riens qu'il était d'ordinaire si heureux d'entendre. Il avait peur qu'une confidence, futile en apparence, n'en amenât une autre plus sérieuse et que sous le coup de la douleur, il s'oubliât au point de laisser deviner à sa chère confidente habituelle le mal dont il souffrait et qu'elle devait être la dernière à connaître. Quant à Mathilde, redoutant peut-être elle-même un entretien trop intime, respectant les préoccupations de son père, elle se contenta de lui rendre ses baisers.

Lorsqu'elle fut partie, M. d'Auvray se donna une heure encore pour se tracer une ligne de conduite en rapport avec la triste situation où il se trouvait.

Grâce à son esprit droit et à son jugement sûr, il n'avait jamais pris autant de temps pour décider les plus grandes affaires et se prononcer dans les cas les plus difficiles. Mais, en ce moment, il s'agissait de Mathilde : il voulait tout peser, tout calculer, n'obéir à aucune considération personnelle, ne se laisser dominer par aucun ressentiment, aucune passion, et se sacrifier, s'immoler, afin de sauvegarder l'avenir de sa fille.

A dix heures du soir sa résolution était prise, son plan arrêté. Des événements indépendants de sa volonté pouvaient dès lors seuls le modifier. Il sonna et donna l'ordre de chercher Duvallon et de le prier de se rendre auprès de lui.

Quelques instants après, le peintre rejoignait son ami et l'abordait en lui disant :

— Je te remercie de m'avoir fait appeler; je n'osais te déranger et je voulais cependant te serrer la main avant mon départ.

— Ton départ? répéta d'Auvray.

— Oui; il est indispensable, il doit être immédiat. Ma femme, ajouta-t-il avec embarras, ne doit pas demeurer plus longtemps dans ta maison. Nous nous retirons ce soir même. Mais qu'as-tu? Comme tu me regardes !

— Ah! s'écria tout à coup d'Auvray, si l'on m'avait dit que l'amitié pouvait aller jusque-là, je ne l'aurais pas cru.

— Qu'entends-tu par là ?

— Toi et ta femme vous êtes... Ah! de pareilles affections devraient préserver du malheur !

— Je ne te comprends pas, mon ami, essaya de balbutier Duvallon.

— Reprends ton honneur, continua d'Auvray, il ne peut plus couvrir cette créature... Elle s'est traînée à mes pieds et je ne l'ai pas...

— De qui parles-tu? fit le peintre tout tremblant.

— De ma femme.

— Ta femme! Mais...

Il voulait encore défendre Hélène et persister dans son pieux mensonge, il se demandait si d'Auvray ne lui tendait pas un piège. Mais il ne put douter de la sincérité de son ami lorsque celui-ci, s'élançant vers lui et lui prenant les mains, s'écria d'une voix déchirante : « Ah! Duvallon, ma fille! ma pauvre fille ! »

— Est-ce qu'elle sait? demanda le peintre après un instant de silence.

— Non ! je l'espère du moins.

— Alors…

— Oui, reprit d'Auvray, rien n'est perdu, n'est-ce pas?… puisqu'elle ignore. Il y aura dans le monde une infamie cachée, un mensonge de plus! Qu'est-ce que cela?… Ah! si j'étais sûr qu'elle n'en mourût pas de désespoir!

— Mon ami!

— Sans doute! Crois-tu que j'aie besoin de vos magistrats pour casser ce mariage? J'emmènerais ma fille loin de vos sottes coutumes et de vos lois stupides, dans un pays où elle pût renaître, fût-ce au bout du monde, dussé-je lui créer une nouvelle patrie!

— Lui créeras-tu l'oubli? demanda Duvallon.

— Eh! non, c'est ce qui m'arrête… Elle l'aime! Aussi, elle ne saura rien… Mais le seul moyen d'amoindrir notre honte, c'est de nous soustraire aux regards les uns des autres… Cette mère est indigne de vivre sous le même ciel que sa fille… moi-même, puis-je rester près d'eux, et répondre de mon sang-froid?… Non, non… il faut que je la quitte… il faut que je la fuie… Elle est perdue pour moi… Voilà ce que me coûte leur crime… Ils ne m'ont pas seulement volé mon honneur… ils m'enlèvent ma dernière joie, ma seule consolation, mon unique espérance… ils me volent mon enfant!

Duvallon l'écoutait en silence, laissant cette grande douleur s'épancher librement. Habitué depuis longtemps à regarder le banquier comme un frère, sa famille comme la sienne, il avait sa part, en ce moment, de toutes ses colères, de toutes ses révoltes.

Enfin d'Auvray devint plus calme et mit Duvallon au courant de ses projets.

Il devait partir avec Mme d'Auvray pour les États-Unis, par le prochain paquebot. Il se chargeait de faire accepter, comme chose naturelle, par Mathilde et par le monde, ce départ précipité et inattendu. Dès son arrivée à New-York, il assurerait une pension à Hélène, qui reprendrait sa liberté et vivrait à sa guise, mais avec défense expresse de retourner en France. Quant à Marcel, M. d'Auvray se condamnait à ne voir en lui que l'époux de Mathilde. Le mari outragé imposait silence à sa colère et à son indignation, étouffait ses désirs de vengeance, mais il ordonnait à Marcel de faire à sa fille une vie heureuse, s'il ne voulait pas qu'on vînt la lui arracher et le punir de son crime. Mathilde resterait donc en France avec Marcel, et les efforts de tous devaient tendre à lui laisser ignorer le crime de sa mère, le passé de son mari.

Pour entretenir Duvallon de ses projets M. d'Auvray avait recouvré toute sa fermeté et vaincu son émotion, mais, à cette pensée qu'il allait se séparer du seul être qu'il aimait au monde, il donna de nouvelles marques de faiblesse, il redevint père.

— Ma fille, s'écria-t-il, je lui laisse ma fille ! Ai-je mérité cet exil, cette séparation, cette mort ! Pourquoi vais-je la perdre ? C'est donc moi qui suis le coupable, c'est donc lui qui a reçu l'outrage, puisque je fuis et qu'il reste, gardant tout pour lui ?... Comme mon départ va le délivrer ! C'est le remords qui s'en va, c'est le passé qui s'éteint... Au loin ! ce père qui le hait et qui le méprise ! Arrière ! ce fantôme qui lui barrait l'avenir ! Ah ! si le paquebot qui va nous emmener pouvait s'engloutir en route, rien ne manquerait à son bonheur !

Il s'arrêta tout honteux de cette exaltation, et prenant la main de Duvallon, qu'il serra avec force :

— Je te recommande ma fille, lui dit-il ; je la recommande à Virginie, ta digne et sainte femme. Veillez sur elle, et si elle est malheureuse, prévenez-moi... prévenez-moi, je vous en conjure.

Comme Duvallon prenait congé de lui, il le pria de lui envoyer Mathilde.

XVII

Lorsque Mme Berthier se trouva, quelques instants après, en présence de son père, elle n'aurait pu remarquer sur son visage la moindre trace des émotions terribles qu'il venait d'éprouver. Seul, dans son cabinet ou seul avec Duvallon, son plus vieil ami, il avait pu laisser exhaler sa douleur, mais il fallait maintenant tromper Mathilde : son sang-froid reparut.

— J'ai à te parler, ma chère enfant, de choses graves et tristes, lui dit-il en la faisant asseoir à ses côtés. Si je ne t'en ai pas entretenu, il y a une heure, c'est que j'avais encore besoin de consulter des papiers, de faire des calculs, pour connaître ma position exacte. Je pouvais être moins

Marcel jeta un coup d'œil dans les charmilles. Il reconnut qu'il était bien seul avec Mathilde.

éprouvé que je ne le pensais, et je ne voulais pas t'alarmer sans motif. Hélas ! le doute n'est plus permis : mon dernier courrier d'Amérique m'avait bien renseigné sur ma situation commerciale : elle est des plus compromises.

Mathilde ne donna aucune marque d'émotion. On aurait dit qu'elle s'attendait à ces paroles ; qu'elle savait à l'avance qu'on allait la tromper.

Cependant, lorsque M. d'Auvray lui apprit son projet de partir immédiatement pour les États-Unis, afin de constater une catastrophe menaçante,
les larmes lui vinrent aux yeux, elle ne put s'empêcher de se récrier.

— Ce voyage est d'absolue nécessité, dit M. d'Auvray. Crois bien que
sans de puissantes raisons... Ah ! tu ne peux pas en douter, tu sais combien je t'aime !

— Oh ! oui, je le sais ! fit-elle.

—Tu auras du courage, tu en auras pour moi, tu en auras pour ta mère.

— Ma mère !

— Sans doute. Je l'emmène avec moi. N'est-ce pas naturel ? Maintenant que tu es mariée, elle n'a plus d'autre devoir en ce monde que de
suivre son mari.

— Vraiment ? fit-elle avec un triste sourire.

— C'est la vie, ma pauvre fille, reprit-il. Nous traçons nos plans sur
du sable ; tu n'es pas au bout.

— Cela commence bien, murmura-t-elle.

Ils se turent un instant tous les deux ; puis M. d'Auvray reprit :

— Je devrais te parler aussi de la commission dont tu m'avais chargé...
rue de la Baume?... Mais je n'ai pu la remplir, tu comprends... les lettres
trouvées à Paris étaient si graves...

— Oui, oui, je comprends, dit-elle en l'interrompant. Ne parlons pas
de cela. Je n'ai plus besoin de savoir... je sais.

— Quoi ? demanda M. d'Auvray avec inquiétude.

— Que mon mari m'aime, répondit vivement Mathilde, qu'il n'a jamais
aimé que moi et que je l'aime.

Tout à coup, elle éclata en sanglots. Ses nerfs avaient triomphé de sa
volonté. Comme M. d'Auvray l'interrogeait, la suppliait de lui faire connaître la cause de ses larmes, elle lui dit :

— Écoute donc, je ne suis pas de fer comme toi, bien que je sois ta
fille. Tu pars, tu emmènes ma mère et tu ne veux pas que je pleure !

Il la regarda un instant en silence, essaya de lire dans son cœur et lui
demanda brusquement si elle désirait partir avec lui.

Elle comprit sans doute son intention, et relevant la tête :

— Y penses-tu, répondit-elle, et mon mari ?

— C'est juste ; tu ne peux pas divorcer pour suivre ton père.

— Le divorce n'est pas permis, fit-elle, en essayant de sourire.

— En France, malheureusement ; c'est vrai.

— Et puis, il faut des motifs.

— N'en parlons plus, fit M. d'Auvray de nouveau trompé par ces réponses.

Elle s'était assise près de lui et, lui tenant les mains dans les siennes, elle lui disait :

— Va lutter, va combattre... sauve, perds, défais, refais ta fortune, non pour l'or en lui-même, mais comme tu l'as dit quelquefois, pour te passionner, pour te sentir vivre. S'il te faut un mobile de plus, eh bien! travaille pour moi, fais-moi riche, très riche. On ne sait pas... le chagrin peut m'atteindre; je me consolerai en faisant des heureux.

Ils causèrent ainsi encore quelques instants, puis ils se dirent adieu, en se donnant rendez-vous le lendemain, afin de se rendre à Paris tout préparer pour le départ de Mme d'Auvray.

« Elle ne sait rien, elle ne se doute de rien, elle l'aime! Cela vaut mieux, » murmura le banquier, lorsque Mathilde fut partie.

Mais sa physionomie n'était pas en rapport avec ses paroles. Elle avait repris son expression désespérée : sa fille était bien perdue pour lui! Sa fille restait avec Marcel, Marcel, indigne d'elle et qu'elle aimait!

Ah! dans son égoïsme paternel, il aurait peut-être préféré qu'elle sût la vérité! Il se reprochait de ne la lui avoir pas dite; il regrettait de n'avoir pas eu de motifs pour enlever sa Mathilde bien-aimée et se sauver au loin avec elle!

Il se demandait aussi s'il ne commettait pas une mauvaise action en laissant cette honnête femme en puissance de ce mari. N'y avait-il pas quelque chose d'incestueux dans leur liaison? Ne devait-il pas les séparer à tout jamais l'un de l'autre? Les amours passées de Marcel n'avaient-elles pas souillé et rendu sacrilèges ses nouvelles amours?

XVII

Mathilde, lorsqu'elle se fut éloignée du cabinet de son père, traversa deux ou trois pièces, puis, par habitude, entra machinalement dans le salon où la famille se réunissait d'ordinaire. Il était désert en ce moment: les hôtes de la villa évitaient de se rencontrer.

Elle s'assit devant la porte du perron. La nuit était aussi belle que l'avait été la journée, aussi calme, aussi reposée.

Il y avait au ciel comme une sorte de phosphorescence confuse, produite par le scintillement des innombrables planètes, au milieu desquelles on voyait briller de grandes étoiles blanches et courir des astres errants. Un murmure indéfinissable semblait descendre de la voûte céleste pour affirmer que tous ces mondes immobiles au-dessus de nos têtes palpitaient et vivaient. Des oiseaux, surpris par cette grande clarté, se trompaient d'heure, et, croyant à l'aurore, secouaient leurs ailes humides de rosée et chantaient dans les massifs la venue du jour. Toutes les fleurs, répandues à profusion dans le parc, embaumaient. Sur la Seine, éclairée par cette nuit lumineuse, on voyait courir une barque dont les avirons frappaient les flots en cadence.

Mais Mathilde, la tête rejetée en arrière, les yeux fixes, tout entière à une seule pensée, était insensible aux splendeurs de cette nuit.

Tout à coup Marcel apparut sur le perron. Elle se leva vivement, poussa un cri et se recula effrayée.

— Mais c'est moi, Mathilde, c'est moi, dit-il.

— Vous ! vous ! fit-elle.

Alors son désespoir éclata. Elle était lasse de s'être contrainte si longtemps, de tromper, de mentir !

Oui, elle avait trompé M. d'Auvray en paraissant croire à sa ruine, aux motifs de son voyage en Amérique. Ces motifs, hélas ! elle les connaissait. Quelques heures auparavant, au moment où elle allait entrer chez son père, elle l'avait entendu élever la voix et s'était arrêtée. Il disait : « Vous « êtes la femme voilée de la rue de la Baume ! Vous avez été la maîtresse « de votre gendre, vous êtes la rivale de votre fille ! »

Et sa mère, sa mère, dont elle reconnut la voix, demandait grâce.

Elle porta la main à son cœur; elle crut qu'elle allait mourir. Puis, elle voulut entrer, mais elle eut peur. Elle eut peur de se trouver en présence de sa mère.

Mais que se passait-il derrière cette porte? Elle entendait d'un côté des sanglots, de l'autre des éclats de voix terribles. Son père allait-il se porter à quelque extrémité? Allait-il?...

Alors elle se souvint que ses chants avaient toujours eu le privilège d'émouvoir M. d'Auvray, de l'apaiser, et elle eut le courage de chanter !

Mais, lorsqu'aux éclats de voix succéda le silence, lorsqu'elle eut constaté une fois encore l'influence qu'elle exerçait sur son père, alors le secret qu'elle venait de surprendre se dressa devant elle terrible, menaçant, hideux !

XIX

Ainsi sa mère, cette femme respectée de tous, qu'elle vénérait à l'égal des plus saintes ; pour laquelle elle avait toujours éprouvé, sinon une tendresse passionnée, du moins un dévouement sans bornes, une affection profonde ; cette femme enfin qu'elle avait placée si haut était tombée si bas !

Dans son ignorance de la vie, de ses difficultés et de ses périls, avec cette sévérité propre à tous ceux qui n'ont pas encore vécu et souffert, froissée dans ses idées sur le devoir et sur l'honnêteté, blessée dans son amour filial et dans ses saintes croyances, elle ne trouva d'abord aucune excuse à la conduite de sa mère.

Mais, peu à peu, son jeune cœur s'attendrit, s'ouvrit à l'indulgence. Elle chercha des motifs pour expliquer, sinon pour justifier la faute de Mme d'Auvray, vis-à-vis de son mari. Elle en arriva jusqu'à s'accuser de cette faute et s'en croire responsable. N'avait-elle pas accaparé le cœur de son père ? N'avait-elle pas volé à sa mère la part de tendresse qui lui revenait ? N'était-elle pas cause de l'isolement moral où celle-ci avait vécu et de ses conséquences ? Comme il arrive souvent dans certaines phases douloureuses de la vie, dans certains moments d'exaltation où les nerfs sont surexcités, où tous les sens s'éveillent, les souvenirs de son enfance lui revenaient à l'esprit, ses jeunes années lui apparaissaient nettes et distinctes, et douée, pour l'instant, d'une grande clairvoyance, elle jugeait toutes choses avec un tact merveilleux.

Elle revoyait, par la pensée, sa mère songeuse, triste, étouffant ses soupirs, essuyant ses larmes. Elle ne se plaignait pas, mais Mathilde devinait qu'elle souffrait de ne pas se sentir assez aimée par son mari et peut-être par sa fille.

Oui, Mathilde n'avait pas compris cette âme froissée et un peu jalouse. Elle aurait dû, toute petite, presser plus souvent dans ses bras la pauvre délaissée, la consoler avec ses baisers, et plus tard, lorsqu'elle eût été jeune fille et plus experte, elle l'aurait prise par la main, conduite auprès de son père, et lui aurait dit de sa voix la plus persuasive : « Aime-la, console-la, sois pour elle aussi doux, aussi bon que tu l'es pour moi ; n'ayons à nous trois une seule volonté, celle de nous aimer ; ne formons qu'un seul cœur. »

Elle n'avait rien vu, rien deviné, elle n'avait pas su venir au secours de sa mère et celle-ci s'était perdue !

Mais, avec qui s'était-elle perdue ? Qui était le complice de sa faute ? Marcel Berthier. Alors toutes les dispositions de Mathilde à l'indulgence et à la miséricorde s'évanouissaient. Sa clairvoyance l'abandonnait et elle n'était plus apte à juger sainement comme elle venait de le faire. Au lieu de se lever pour défendre sa mère et l'innocenter, elle se dressait maintenant, au contraire, pour l'accuser et la condamner.

Quoi ! elle lui avait donné pour mari... C'était impossible. Son inexpérience de la vie, fortifiée par sa droiture instinctive, les sentiments d'honneur qu'elle tenait de son père, lui défendait de croire qu'une mère pût commettre un tel sacrilège. Elle avait mal entendu, il y avait erreur... Mais ces paroles terribles résonnaient toujours à son oreille : « Vous êtes « la femme voilée de la rue de la Baume, vous avez été la maîtresse de « votre gendre, vous êtes la rivale de votre fille ! »

C'était donc vrai ! Sa mère avait aimé Marcel, avait été aimée de lui !... Il l'aimait peut-être encore ! Oui, il l'aimait et Mathilde s'expliquait maintenant sa réserve, sa froideur, ses retours soudains dictés par le remords... Ah ! il ne l'avait jamais aimée ! C'était Hélène qu'il aimait en elle ; Mathilde lui ressemblait tant !... Et des bras de l'une, il était passé dans les bras de l'autre ! Après avoir été l'amant de la mère il était le mari de la fille !... Après avoir trompé, déshonoré M. d'Auvray, il n'avait pas craint de devenir son ami, son gendre, son fils !... Ces choses-là se pouvaient... Ces choses-là se faisaient...

Mais il fallait qu'elles fussent infâmes, monstrueuses, puisque rien que d'y songer, la rougeur lui montait au front, son cœur se soulevait indigné !

XX

Marcel, à qui personne n'avait appris les événements survenus depuis une heure, qui ne pouvait deviner ce que souffrait en ce moment Mathilde, s'était avancé vers elle, et lui demandait ce qu'elle avait.

— Ce que j'ai! s'écria-t-elle avec exaltation, j'ai la honte, j'ai le désespoir, j'ai le deuil éternel dans mon âme!...

Elle s'arrêta, et, marchant sur lui :

— Vous avez commis une action infâme, lui dit-elle, en épousant la fille de celle...

Elle avait trop compté sur ses forces, elle ne put continuer et retomba sur le fauteuil où elle était assise à l'arrivée de son mari.

Mais les paroles qu'elle venait de prononcer avaient éclairé Marcel. Il devinait qu'un hasard avait appris à Mathilde son passé; il comprenait en même temps l'inutilité de toute protestation, de toute dénégation.

La tête baissée, debout, appuyé contre la porte, anéanti, brisé, c'est à peine s'il entendait Mathilde murmurer à travers ses sanglots :

— Ah! je serais morte déjà, si je n'avais eu pitié de deux êtres... L'un, déjà trop frappé... à qui la perte de sa fille aurait porté le dernier coup... l'autre, que je ne voulais pas, que je ne devais pas, peut-être, si cruellement punir... Jusqu'à leur départ, je continuerai à les tromper... Je ne veux pas que mon père me sache malheureuse... il souffrirait trop... Je ne veux pas que ma mère rougisse devant moi.

Alors Marcel fit un pas en avant, mit un genou en terre et dit d'une voix basse et suppliante :

— Nous avons été obligés de nous courber devant une volonté plus forte que la nôtre, devant un implacable destin. Mais, je vous le jure, Mathilde, ce que nous avons souffert nous rend dignes d'indulgence et de pardon... Ah! si vous vouliez oublier le passé... vous dire que je suis tout à vous, que je n'aime que vous... Nous sommes jeunes tous les deux... songez à l'avenir.

— L'avenir! s'écria-t-elle en levant la tête, quel avenir?

— Le nôtre, répondit-il.

— Le nôtre! reprit-elle avec force. Nous avons un avenir!... Vous ne comprenez donc pas... Voyons, éclairez-moi. Est-ce que je me trompe? Est-ce que cela se peut?... Oui, je me souviens, j'ai entendu une fois parler d'un mariage de ce genre... Et l'on ne s'indignait pas, on ne se révoltait pas... Alors qu'est-ce donc que ce monde? ou bien que suis-je, moi?

— Un ange de pureté, fit-il... mais les anges pardonnent... Je suis tombé, relève-moi!

Elle le regarda en silence et avec attendrissement. Son amour triomphait, un instant, de ses répugnances, de ses délicatesses, de ses pudeurs froissées.

— Oui, murmurait-elle, c'est la pitié, c'est le pardon, c'est l'amour, c'est le devoir peut-être. Parle, parle, persuade-moi, dis-moi que tu souffres et que je peux te consoler... dis-moi que tu pleures, et que je peux essuyer tes larmes... dis-moi que tu te repens et que je puis te sauver!

Encouragé par ces paroles, qui lui avaient mis au cœur quelque espoir, il se pencha et lui prit la main. Mais à peine l'eût-il effleurée de ses lèvres, que, toute frémissante, elle la retira vivement, se rejeta en arrière et s'écria :

— Non, non, je ne peux pas, je ne peux pas... tout se révolte... C'est pour toujours, c'est pour la vie... Vous me faites peur... Vous me faites horreur!

Elle s'enfuit éperdue et se retira dans son appartement où elle s'enferma.

XXI

Marcel descendit dans le parc. Sa tête était en feu, il avait besoin de respirer, de marcher; mille pensées lui traversaient l'esprit. Comment Mathilde savait-elle son secret? M. d'Auvray en était-il aussi informé? Quel parti prendrait-il? Et Hélène! Où était-elle? que faisait-elle? que pensait-elle?

— Vous êtes, lui dit-il, la femme voilée de la rue de la Baume...

Mais que lui importaient toutes ces choses? Mme d'Auvray ne s'était pas trompée la veille : il aimait Mathilde, il n'aimait plus qu'elle!

Il l'avait peut-être aimée parce qu'elle était la vivante image de sa mère, mais il l'aimait... et il le voyait bien, il le sentait bien, elle était à tout jamais perdue pour lui !

XXII

Au détour d'une allée il se trouva face à face avec Hélène.

Pâle, vêtue d'une robe blanche, apparaissant ainsi dans la nuit, on aurait pu la prendre pour un fantôme.

Elle vint à lui et dit d'une voix brève, entrecoupée :

— Je vous ai vu tout à l'heure dans le salon, auprès de Mathilde... Elle vous parlait avec animation... Vous paraissiez consterné... Aurait-elle appris notre crime?

— Oui, murmura-t-il.

— Ah! fit-elle.

Ses genoux fléchirent. Il crut qu'elle allait tomber et il voulut la soutenir, mais, sans parler, elle le repoussa et s'enfonça dans une allée du parc.

XXIII

Peu à peu, dans la villa, les lumières s'éteignirent. Le silence se fit.

Le cabinet de M. d'Auvray et la chambre de Mathilde restèrent seuls éclairés.

A sept heures du matin, la vie recommença. On entendit du bruit dans la maison ; les domestiques circulèrent. La femme de chambre de Mathilde, trouvant la porte de sa maîtresse fermée, frappa. Mᵐᵉ Berthier, qui ne s'était pas couchée, vint ouvrir.

— J'ai une lettre pressée à remettre à madame, dit la femme de chambre.

— Une lettre de qui?

— De Mᵐᵉ d'Auvray.

— Ma mère ! s'écria Mathilde, pourquoi m'écrit-elle? Où est-elle?

— Dans son appartement, sans doute ; mais hier, avant de se coucher, et au moment de me congédier, elle m'a remis cette lettre pour madame, en me recommandant de la lui donner ce matin.

Mathilde avait déjà décacheté la lettre et lisait :

« Souviens-toi... Je ne voulais pas ce mariage... Tu ne m'as pas écou-
« tée... tu l'as voulu... tu l'aimais... Rappelle-toi, rappelle-toi... Tu sais
« tout et tu ne te plains pas... Merci... merci, Mathilde... Hélas! tu n'as
« pas besoin de te plaindre. Les déchirements de ton cœur, est-ce que je
« ne les ressens pas? mais il n'aime que toi... il ne... »

A ce passage de sa lettre, Hélène s'était interrompue. Sur le point de parler de Marcel elle n'avait pas osé.

La lettre continuait ainsi : « Je souffrais depuis si longtemps. Te rap-
« pelles-tu, tout enfant, combien de fois tu as surpris mes larmes? Pour-
« quoi pleures-tu donc? me demandais-tu en m'enlaçant de tes petits bras.
« Pourquoi? Je ne pouvais te le dire; je ne pouvais affaiblir ton amour
« pour ton père, qui n'était bon, affable et souriant que pour toi. Je pleu-
« rais parce que j'étais délaissée... je sentais que je ne comptais pour rien
« dans sa vie... j'étais jalouse de ses affaires, que je ne pouvais compren-
« dre, et qui le rendaient indifférent et dédaigneux pour moi... Toi-même,
« toi, Mathilde, tu m'abandonnais pour courir dans ses bras... parfois
« même, sans le vouloir, sans t'en douter, sur une parole, sur une pensée
« qui m'échappait... toujours, hélas! en contradiction avec ses idées, ton
« innocent sourire s'associait à la raillerie du sien... Tu lui ressembles
« trop : vos deux âmes se rejoignaient en broyant la mienne... Je ne me
« justifie pas, je ne m'excuse pas, crois-le bien... je tâche seulement de te
« faire comprendre par quels sentiments, par quelles douleurs, par quels

« désespoirs j'ai passé, avant de chercher une joie coupable dans le pre-
« mier regard de pitié qui s'est fixé sur moi... »

Mathilde s'arrêta. Elle ne pouvait plus lire : ses yeux étaient pleins de
larmes.

— Ah! disait-elle, j'avais deviné tout ce qu'elle m'écrit. Mais j'ai deviné
trop tard... hier seulement j'ai compris.

Elle reprit la lettre et essaya d'en continuer la lecture.

« Oublie-moi, disait encore Hélène. Oublie que j'ai vécu; oublie jusqu'à
« mon souvenir... il faut pour ton bonheur que tu en arrives à croire que
« je n'ai jamais existé... Adieu, adieu, Mathilde!... je vais mourir, il faut
« que je meure! »

Mathilde poussa un cri, laissa tomber la lettre inachevée, sortit précipitamment de sa chambre et s'élança dans l'appartement de sa mère.

XXIV

Hélène n'était pas chez elle ; son lit n'avait pas été défait.

Alors Mathilde éperdue, sonna, appela au secours. On accourut de
toutes parts.

— Ma mère, ma mère! criait-elle ; cherchez ma mère !

On parcourut la maison, le parc.

On interrogea les domestiques, les jardiniers. Ils n'avaient rien vu, ils
ne savaient rien.

Duvallon eut un pressentiment terrible. Il s'élança vers la Seine, dans
la direction du kiosque où, la veille, il avait trouvé réunies sa femme,
Mᵐᵉ d'Auvray et Mathilde.

Au pied de ce kiosque, nous l'avons dit, se trouve une sorte de petit
port, que les propriétaires de la villa ont fait creuser, pour abriter quelques canots de plaisance.

Le peintre descendit au bord de l'eau et regarda.

Un des canots, le plus petit, celui dont Mme d'Auvray aimait à se servir, n'était pas à sa place habituelle.

Qu'est-ce que cela signifiait ?

Duvallon s'appuya contre un arbre : il se sentait défaillir.

Pour lui, Hélène, résolue à se tuer, avait choisi le genre de mort le plus à sa portée, qui devait lui venir d'abord à l'esprit : elle s'était élancée vers la Seine, mais comme elle savait qu'on avait pied près de la rive, elle était montée dans un canot, pour gagner le large et se jeter au milieu du fleuve.

Pendant que, d'un œil inquiet, il interrogeait le cours de la Seine, il entendit tout à coup une sourde rumeur, qui semblait venir de la grande allée du parc, celle où se trouve la grille d'entrée.

Il remonta précipitamment vers la villa.

XXV

Le bruit allait grossissant. Tous les hôtes de la maison, se pressant aux croisées ou sur les marches du perron, écoutaient silencieux, recueillis, atterrés.

Virginie seule avait eu le courage de courir au-devant de plusieurs personnes, qu'on voyait maintenant s'avancer lentement suivies de paysans et de curieux.

Bientôt elle revint vers la villa.

Elle paraissait en proie à une terrible émotion. En arrivant sur le perron, elle s'élança dans les bras de Mathilde en criant : « Viens, viens, ne reste pas là ! »

Mathilde la repoussa et attendit.

Le cortège s'avançait toujours. Lorsqu'il fut devant la façade de la maison, il s'arrêta.

Alors, au milieu de la foule, on vit, couchée sur un brancard, inanimée, morte, une femme vêtue d'une robe blanche. Ses vêtements mouillés étaient collés le long de son corps, et ses longs cheveux noirs détachés, traînaient dans la poussière.

XXVI

Vers quatre heures du matin, des pêcheurs de Sartrouville, en descendant la Seine, pour aller jeter leurs filets à la hauteur de la forêt de Saint-Germain, aperçurent quelque chose de blanc qui semblait flotter dans la rivière. Ils s'approchèrent aussitôt et découvrirent un cadavre, qui, entraîné d'abord par le courant vers l'endroit où le fleuve fait un coude, s'était trouvé arrêté par les branches d'un grand saule, débordant de la rive, au ras de l'eau.

Ils déposèrent le cadavre dans leur barque, et, interrompant leur travail, ils remontèrent la Seine jusqu'au pont de Maisons-Laffitte. A leur appel, à leurs cris, les habitants du village accoururent et plusieurs personnes ne tardèrent pas à reconnaître, dans la noyée, Mme d'Auvray, propriétaire d'une des plus jolies villas de la colonie.

Aussitôt on était allé chercher un brancard, on y avait déposé la morte et on s'était mis en marche vers sa demeure,

XXVII

Les portes s'ouvrirent toutes grandes devant les gens qui portaient le corps. Ils le placèrent au milieu du salon et se retirèrent.

Alors Mathilde s'élança vers sa mère, l'entoura de ses bras, baisa ses mains, ses joues, ses lèvres glacées.

Agenouillée, Virginie pleurait.

Duvallon couvrait Hélène de fleurs, pour cacher sa robe blanche toute maculée de vase.

D'Auvray, debout, impassible en apparence, regardait; et, au fond du salon, dans un coin, Marcel, aussi pâle que la morte, regardait aussi sans oser s'approcher.

Dans le parc, tout le long des avenues, les propriétaires, sortis de leurs demeures, se racontaient l'événement et faisaient force commentaires. Pour tout le monde, il n'y avait pas de doute possible : Mᵐᵉ d'Auvray s'était suicidée. Mais bientôt Duvallon, qui prévoyait ce qui allait se penser et se dire, eut la généreuse idée de se mêler aux différents groupes et de diriger l'opinion.

Il racontait à qui voulait l'entendre que Mᵐᵉ d'Auvray avait depuis longtemps l'habitude, quand la nuit était belle, de faire une promenade sur la rivière. Dans la soirée précédente, vers onze heures, au moment où ses hôtes regagnaient leurs chambres, elle avait proposé une partie de bateau, mais comme chacun s'était récrié, on pensa qu'elle avait abandonné son projet. Malheureusement sans doute, il n'en avait pas été ainsi : elle était montée seule dans un canot très léger, qu'elle ne savait pas être en mauvais état, et un de ces accidents, hélas! trop fréquents, lui était survenu.

Depuis la veille, à l'instigation de sa femme, Duvallon avait appris à mentir; aussi cette nouvelle fable habilement présentée fut-elle acceptée. Une dizaine d'incrédules persistèrent quelque temps dans leurs premières idées, mais ils durent bientôt se rendre à l'évidence : Vers midi la longue chaîne, couchée au fond de la Seine, de Paris à Rouen, et destinée à servir de point d'appui aux remorqueurs qui remontent le courant, cessa tout à coup de fonctionner, à la hauteur du village de la Frette. Aussitôt des gaffes profondes fouillèrent le lit du fleuve et parvinrent à débarrasser la chaîne de l'obstacle qui la gênait. C'était un canot submergé, celui dont s'était servi Mᵐᵉ d'Auvray pour sa promenade nocturne. Tout s'expliquait maintenant : la barque faisait eau, Mᵐᵉ d'Auvray s'en était aperçue trop tard, lorsqu'elle était au milieu du fleuve, elle n'avait pu regagner la rive et avait été engloutie. Duvallon se garda bien d'avouer que, voulant donner plus de créance à son pieux mensonge, il avait joint à l'action la parole : dès le matin, il avait découvert à l'extrémité du parc, près de la forêt, le canot en question, et, après y avoir fait un trou profond, il l'avait repoussé au milieu du courant, avec l'espoir, qui fut justifié, qu'on le trouverait bientôt.

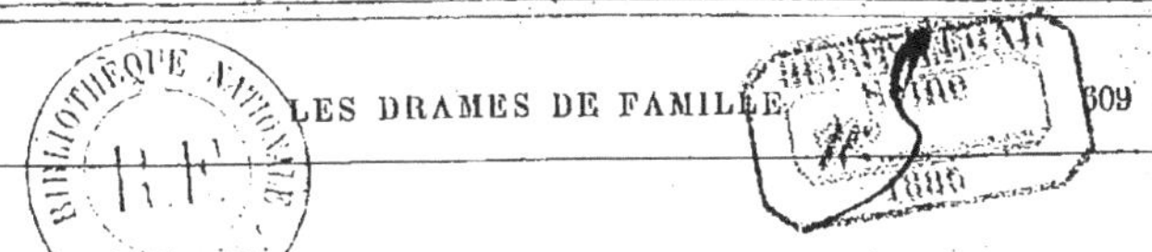

— Malheureux ! comprends-tu, dit-il, c'est ma femme qu'on accuse.

Le peintre, n'ayant pu, la veille, au prix d'un immense sacrifice, sauver Hélène, avait voulu du moins sauvegarder sa mémoire et éloigner des esprits toute idée de suicide.

XXVIII

L'enterrement d'Hélène eut lieu le lendemain à Maisons-Laffitte. Tous les habitants de la colonie se firent un devoir d'y assister, et le train qui part de Paris à 10 heures 50, conduisit à Maisons plus de deux cents personnes, appartenant surtout au monde de la finance, et désireuses de témoigner leur sympathie à M. d'Auvray.

Cette foule fut récompensée de son dévouement par un temps splendide, qui ne permit pas aux esprits de beaucoup s'attrister. Le soleil était radieux; sur la jolie route que suivit le convoi, les oiseaux chantaient et, des grands marronniers agités par la brise, tombait une pluie de fleurs.

Depuis l'arrivée de Marcel et de Mathilde à Maisons-Laffitte, jusqu'à l'enterrement d'Hélène, trois jours seulement s'étaient écoulés. Trois jours avaient suffi pour briser plusieurs existences et creuser une tombe. Et, comme si la nature se plaisait aux contrastes, pendant ces trois jours aucun nuage n'avait assombri le ciel, jamais printemps n'avait eu plus de séductions !

M. d'Auvray, bénéficiant de la coutume, qui permet au mari de ne pas assister à l'enterrement de sa femme, ne parut ni au cimetière ni à l'église. Mais Mathilde eut le courage de s'y rendre, appuyée sur le bras de Duvallon et suivie de Virginie, qui, par moments, était obligée de la soutenir. Quant à Marcel, après être resté, le matin, avant l'ensevelissement, longtemps agenouillé devant Hélène et lui avoir fait ses derniers adieux, on l'avait vu tout à coup sortir de la villa et s'éloigner dans la direction de la forêt. A l'heure du service il n'avait pas reparu et Duvallon dut répondre aux personnes qui demandaient de ses nouvelles, que, cruellement frappé par la mort de sa belle-mère, il était tombé gravement malade.

Cette fois le peintre ne trompait personne.

Vers le soir Marcel Berthier, la tête en feu, l'œil hagard, se soutenant à peine, n'ayant pas la conscience de ses actes et guidé seulement par une sorte d'instinct, revint dans la villa et monta dans son appartement. Duvallon, inquiet, l'y rejoignit, et, après l'avoir examiné un instant, envoya chercher des médecins qui constatèrent une fièvre cérébrale des plus graves.

Aussitôt Mathilde, sans tenir compte des observations de M. d'Auvray, déclara qu'elle entendait soigner son mari. Elle s'installa dans la chambre de Marcel et ne le quitta plus. C'est elle qui voulut lui donner toutes les potions prescrites par le médecin, lui appliquer sur le front les compresses d'eau glacée. Seule aussi, elle veillait à éviter au malade le moindre bruit, à faire l'obscurité autour de lui. Triste, plus pâle que de coutume, le regard éteint, les yeux profondément cernés, les lèvres décolorées, dans sa grande robe de crêpe noir recouverte d'un tablier blanc, soit qu'elle fût assise au chevet du malade pour épier ses gestes, soit que, devant une table, elle préparât quelque boisson, on l'aurait prise pour une de ces sympathiques sœurs de charité qui, avant d'appartenir à Dieu, ont appartenu au monde et que le monde a toutes meurtries.

<h2 style="text-align:center">XXIX</h2>

Pendant près de trois semaines elle ne s'éloigna de Marcel que pour se jeter de temps à autre, pendant une ou deux heures, sur un lit de repos ou pour embrasser son père lorsqu'il revenait de Paris. Dans ces courts instants, Virginie, toujours fidèle à ses amis, la remplaçait auprès du malade.

Un soir, comme Mathilde, absente depuis une heure, ouvrait la porte de la chambre, Virginie accourut en disant :

— N'entrez pas en ce moment, attendez quelques instants.

— Pourquoi? demanda-t-elle.

— Il parle beaucoup, il a le délire.

— Raison de plus; je veux être près de lui.

Elle s'avança, et s'approcha du lit.

Le malade ne cessait de répéter les deux noms de Mathilde et d'Hélène réunis.

Il confondait ses deux amours et les mêlait pour ainsi dire ensemble.

— C'est la première fois que vous l'entendez, cela vous étonne, dit Mathilde à voix basse et avec un triste sourire, en se tournant vers Virginie, mais depuis un mois, toutes les nuits, je n'ai pas entendu autre chose.

— Vous êtes une sainte! murmura Mme Duvallon, en serrant la main de son amie.

XXX

Les médecins déclarèrent enfin que Marcel était sauvé, mais que sa convalescence serait des plus longues et exigerait les plus grands soins.

Mathilde put alors prendre un peu de repos; elle se permit quelques promenades dans le parc, mais elle les dirigeait toujours vers les lieux que sa mère avait aimés.

Elle s'enfermait dans le kiosque situé au bord de la rivière, et, pendant de longues heures, elle s'entretenait avec celle qui n'était plus. Elle lui demandait conseil; elle lui demandait surtout pardon de ne s'être pas montrée avec elle assez tendre, assez expansive, d'avoir laissé son pauvre cœur souffrant se réfugier contre un autre cœur que celui de sa fille.

La douleur avait donné à Mathilde, en quelques jours, dix années de plus, l'avait rendue indulgente et lui permettait de comprendre, de juger moins sévèrement les fautes qu'autrefois elle ne pouvait même s'expliquer. Elle ne maudissait plus, elle n'accusait plus, elle pardonnait!

Le soir, lorsque le ciel était étoilé, elle s'asseyait près de la croisée du kiosque, et, les yeux fixés sur la voûte céleste, elle choisissait quelque planète et se plaisait à croire que l'âme de sa mère s'y était réfugiée. Par suite d'une sorte de mirage et de la surexcitation de son esprit, il lui semblait que l'astre s'approchait de la terre et dirigeait sa lumière sur elle. Alors elle s'agenouillait et de son cœur montait jusqu'à sa mère quelque belle prière.

XXXI

A l'heure où M. d'Auvray revenait ordinairement de Paris, Mathilde l'attendit un jour, au bout du parc, pour le prier de la conduire faire une promenade à pied. Le banquier, heureux de cette pensée, la première de ce genre, que, depuis deux mois, sa fille manifestait, s'empressa de lui offrir son bras. Ils sortirent de la villa, parcoururent une partie de la colonie, et pénétrèrent dans la forêt de Saint-Germain par la porte située à l'extrémité de l'avenue Albine. Mathilde, qui connaissait à ravir la forêt, dirigea son père vers la gauche, puis, se disant fatiguée, proposa de revenir par le pays. Rien n'était plus facile, puisque la porte des Pétrons et le chemin de la Muette se présentaient devant eux. Après avoir parcouru la moitié de ce chemin, M. d'Auvray fut obligé de suivre sa compagne sur un sentier qui se trouve à droite et où elle venait de s'engager. Bientôt une grille se présenta devant eux : c'était l'entrée du cimetière de Maisons. Alors Mathilde se retourna vers son père, lui prit les deux mains, fixa son regard sur le sien, l'entraîna devant une tombe toute couverte de fleurs, et dit d'une voix suppliante :

— Prie pour elle avec moi.

Il voulut résister, mais Mathilde le regardait toujours, Mathilde lui serrait les mains, il se courba et finit par s'agenouiller.

Une heure après, lorsqu'ils furent rentrés chez eux et au moment de se quitter, M. d'Auvray, silencieux jusque-là, dit à sa fille :

— Et lui ! Est-ce que tu lui as aussi pardonné ?

— Oui, fit-elle.

— Alors quand il sera guéri, tu me quitteras pour aller vivre avec lui ?

— Non, répondit Mathilde. Nous ne devons, nous ne pouvons plus vivre ensemble. Il l'a déjà compris ou il le comprendra.

M. d'Auvray ne put cacher un mouvement de joie : sa fille lui restait.

XXXII

Marcel commençait maintenant à se lever et arrivait à faire quelques pas dans sa chambre. Mathilde ne lui consacrait plus qu'une heure par jour. Elle lui parlait affectueusement, lui témoignait une sorte de tendresse fraternelle, mais évitait, avec un soin extrême, tous les entretiens qui auraient pu leur rappeler le passé ou leur permettre d'y faire allusion. Du reste, pendant la longue maladie de Marcel, l'été avait succédé au printemps ; on se trouvait à la fin de juillet 1870, la guerre venait d'éclater, et les sujets de conversation ne manquaient pas. Mathilde, sur la demande de son mari, lui lisait souvent les journaux et s'entretenait avec lui des espérances que tout le monde en France concevait encore à cette époque. Mais, dans le courant d'août, ces espérances s'évanouirent ; ils n'eurent plus qu'à pleurer sur les désastres de leur pays. Au drame intime qui s'était déroulé dans la villa de Maisons-Laffitte, succédait un drame plus terrible, dont la France devait être le théâtre.

XXXIII

Dans les premiers jours de septembre, un matin, M. d'Auvray, après avoir reçu plusieurs dépêches, alla trouver sa fille et lui déclara qu'elle ne pouvait pas rester plus longtemps à Maisons et qu'il fallait prendre un parti.

— Quel parti ? demanda Mathilde.

— Fuir devant l'ennemi qui, dans quelques jours, occupera notre villa, partir pour l'étranger, ou pour l'ouest de la France, si tu le préfères. Duvallon et Virginie consentent à t'accompagner dans le pays que tu choisiras.

— Comment ! fit-elle, tu ne viens donc pas avec moi ?

— C'est impossible ! ma pauvre enfant.

— Impossible ? Il y a trois mois, tu étais résolu à partir pour l'Amérique.

— Alors, répondit le banquier, mes intérêts étaient seuls en jeu ; je pouvais les sacrifier. Aujourd'hui la guerre a tout compromis ; je dois rester à mon poste pour défendre la fortune de mes clients. Tu sais ce qu'il m'en coûte de me séparer de toi ; mais je l'ai appris depuis longtemps qu'on ne transige pas avec certains devoirs.

— Je le sais si bien, dit Mathilde, que je rentre à Paris et que je ne te quitterai pas.

— Mais, mon enfant, nous sommes menacés d'un siège !

— Je partagerai les périls.

Il ne put la faire changer de résolution.

Mais qu'allait devenir Marcel ?

M. d'Auvray n'avait jamais prononcé son nom depuis la mort d'Hélène, ne l'avait même jamais entrevu. Ce n'était pas à lui que Mathilde pouvait parler de son mari. Elle se rendit auprès de Duvallon pour lui demander conseil : Marcel, à peine échappé d'une cruelle maladie, pourrait-il supporter les rigueurs d'un siège, et ne vaudrait-il pas mieux pour lui, et pour tous, qu'il entreprît quelque voyage ?

— Il s'y refuse, répondit Duvallon, il veut rentrer dans Paris comme soldat. Je l'ai fait, à sa prière, inscrire, depuis deux jours, sur les cadres du 12e bataillon des mobiles de la Seine, dont je connais le commandant.

— Y pensez-vous ! dit Mathilde. Mais il n'aura pas la force...

— On n'exigera de lui aucun service, reprit Duvallon ; il ne s'est engagé que pour se battre et il se battra lorsque l'heure en sera venue.

Elle baissa la tête et garda longtemps le silence. A la pâleur de son visage, à la contraction de ses traits, il était facile de deviner qu'une vive émotion l'étreignait, qu'une sorte de combat se livrait en elle. Enfin, elle parut avoir pris une résolution, et, se tournant vers le peintre, elle lui demanda si l'époque du départ de Marcel avait été fixée.

— Il nous quitte aujourd'hui, répondit Duvallon.

— Déjà! fit-elle.

Et ce fut tout.

Vers midi, M. d'Auvray partit pour Paris. Une heure après Marcel sortit de sa chambre et descendit l'escalier de la villa. Son vieil ami lui donnait le bras et soutenait sa marche encore chancelante.

Dans le vestibule, Mathilde, appuyée sur Virginie, se tenait debout, silencieuse, immobile.

Mais lorsque son mari passa près d'elle, tout à coup elle s'élança vers lui, le serra dans ses bras et ne put retenir ses sanglots.

Il la pressait silencieusement sur sa poitrine, tandis que de grosses larmes tombaient de ses yeux.

Enfin Duvallon les sépara. Il entraîna Marcel vers une voiture de louage qui les attendait devant la maison.

Il monta près de son élève et donna l'ordre de partir.

XXXIV

Le vendredi 28 octobre, le 12ᵉ bataillon des mobiles de la Seine, commandé par Ernest Baroche, sortit de Saint-Denis et entra au pas de course dans le Bourget. Les francs-tireurs de la Presse avaient, dans la journée précédente, délogé l'ennemi de ce village, dont il était maître depuis le 20 septembre. Mais M. de Moltke, qui attachait une grande importance à l'occupation du Bourget, venait de donner l'ordre de le reprendre et de mettre à la disposition du général Budriztky, toute la deuxième division de la Garde, une partie de la première, de nombreux escadrons de cavalerie et cinq batteries d'artillerie. C'était une armée entière composée de soldats d'élite, qui allait combattre nos troupes, se montant à environ deux mille hommes, auxquels venaient se joindre les six cent vingt mobiles du 12ᵉ bataillon.

— L'avenir! s'écria-t-elle en levant la tête, quel avenir?

Dans la nuit du vendredi au samedi, plus de mille obus éclatent sur le Bourget. Les incendies se déclarent sur plusieurs points du village et permettent aux artilleurs ennemis de régler leur tir. Les maisons sont éventrées par la mitraille ; des toits entiers s'écroulent, et, lorsque le canon se tait par hasard, on entend le vent qui secoue furieusement les arbres, la pluie qui tombe à torrents et les cris des blessés. Devant toutes ces épouvantes, le courage de nos troupes ne faiblit pas. Elles se défendent avec tant d'acharnement et d'opiniâtreté que les Allemands, dans leurs rapports officiels, dans leurs journaux, dans leurs livres, lorsqu'il est question des combattants du Bourget, ne peuvent cacher leur admiration et parlent de l'héroïsme de ces braves. La *Gazette nationale de Berlin* du 1er janvier 1871 « vante le superbe courage du commandant Baroche et de plusieurs de ses officiers, au Bourget, le lieu le plus sanglant des environs de Paris. »

« Mais, à côté des chefs, dont les noms appartiennent aujourd'hui à l'histoire et que nous avons le droit d'écrire en toutes lettres, combien de soldats obscurs ont combattu, combien sont morts glorieusement et qui restent ignorés ! Parmi ces derniers, un mobile du 12e bataillon se signala, dans cette nuit du 28 octobre, par des traits d'une bravoure si exceptionnelle, que son commandant, qui peut-être avait promis de veiller sur lui, le fit sortir des rangs et l'attacha particulièrement à sa personne.

La journée du samedi et la nuit du 29 au 30 furent encore plus terribles pour les défenseurs du Bourget que la journée et la nuit précédentes. Paris ne leur avait envoyé aucun renfort; ils étaient exténués de fatigue et manquaient de vivres.

La pluie tombait toujours, le vent continuait à souffler, et sur les hauteurs de Garges, de Blanc-Mesnil et de Dugny, les Prussiens avaient établi plus de quarante pièces d'artillerie qui foudroyaient sans relâche le village. Cependant, la petite troupe, réduite maintenant à quinze cents hommes, continuait à combattre si vaillamment derrière ses murs que l'ennemi n'osait tenter l'assaut.

XXXV

Le dimanche matin le ciel s'éclaircit, le soleil reparut et l'on vit la garde prussienne s'avancer en bon ordre, aux sons des musiques militaires, vers la grande barricade qui défendait l'entrée du Bourget.

Laissons parler le *Moniteur prussien* du 10 décembre, pour qu'on ne nous accuse pas d'enthousiasme. « L'artillerie commença l'attaque à sept heures et demie par une grêle d'obus et de mitraille, à laquelle les forts de Paris s'empressèrent de répondre ; plus de cent cinquante canons saluaient ce dimanche. Une demi-heure après, nos soldats marchèrent sur les barricades et les retranchements de l'ennemi, malgré un feu meurtrier qui sortait des fenêtres, des murs et des créneaux. Les bataillons s'avançaient sans tirer un coup de fusil, drapeaux déployés, musiques en tête, les commandants et colonels à pied. Seuls, le général Budritzky et quelques adjudants, restèrent à cheval jusqu'à cent pas de l'ennemi. Alors, sur un signe, la musique se tait, et nos soldats, poussant un hourrah, s'élancent contre ces murs qui vomissent la mort. Le comte de Waldersée est tué à la tête du régiment *Augusta*. Le colonel Zaluskowski est frappé à quelques pas de lui. Le porte-drapeau tombe son étendard à la main. Le courage commence à manquer aux assaillants. Le vieux général Budritzky s'en aperçoit, ramasse le drapeau, et, le sabre tiré, crie à ses soldats : « En avant ! au secours ! »

« Il n'y a plus moyen de rester en arrière, la barricade est enlevée.

« Avec le combat des maisons, attaquées par devant et par derrière, commence celui des rues, dans lesquelles sifflent les boulets et la mitraille, pendant que de toutes les fenêtres, caves, portes et toits, un feu si terrible nous accueille que les pionniers sont obligés de percer les murailles pour déloger les Français. Nos grenadiers se glissent le long des murs, cherchent à saisir les canons des fusils, ou lancent leurs baïonnettes dans chaque ouverture qu'ils aperçoivent ; une fois les portes enfoncées, c'est une véritable boucherie : il n'y a plus de quartier à espérer.

« Sur une maison on lisait : « Les Prussiens sont des lâches, nous les
« tuerons tous ! » De cette maison, personne ne resta vivant. Un mur portait écrit, avec de la craie rouge : « Vous, Prussiens du diable, vous ne
« reverrez pas vos femmes. » Alors la fureur ne connut plus de bornes ; ce
fut un véritable massacre.

« L'artillerie des forts français tirait sans égard pour les leurs ; elle n'a
cessé ses feux dans l'intérieur du Bourget, qu'au moment où elle a vu les
grandes lignes de prisonniers qui partaient pour le Nord.

« Avant deux heures la victoire était à nous, mais à quel prix !. . . . .

. . . .

« Nous voici devant la barricade pleine de sang. Quel coup d'œil ! Nos
grenadiers sont en tas, comme la mort les a frappés ; beaucoup sont cou-
chés la figure dans la boue, d'autres sur le dos, les yeux ouverts, quelques-
uns les mains jointes comme pour prier ; grand nombre ont des blessures
affreuses et sont tout défigurés. Des balles, des fusils, des casques couvrent
le sol, on voit du sang et des cervelles le long des murs. . . . . . .

. . . .

« C'est le même spectacle dans la Grande-Rue, ce qui faisait penser à
cette grêle qui, en 1860, avait passé sur Leipzig ; seulement, au lieu de
grêlons, c'étaient des obus et des grenades . . . .

. . . .

« Il fallut faire le siège de chaque maison, l'une après l'autre. Le plus
fort du combat est au-dessous de l'église, où les Français tirent de tous
côtés avec une fureur que rien ne peut égaler. »

XXXVI

Vers le milieu de la grande rue du Bourget, presque en face de l'église,
dans un étroit passage, qui met en communication le village avec la campagne, s'élève ou plutôt s'étend une longue maison bourgeoise d'un étage. Du
côté de la rue ce bâtiment se termine par un pavillon dont les diverses ouver-

tures permettent de voir la route à une assez grande distance. C'est là que le commandant Baroche s'est retranché. Il se tient à la croisée qui prend la rue en biais, et, debout, à découvert, un pied sur l'appui de la fenêtre, un chassepot à la main, il tire sur l'épaisse colonne de Prussiens qui vient d'envahir le village. Il vise tranquillement, fait feu, et quand il se retourne pour recharger son arme ou pour en prendre une autre, le mobile dont nous avons déjà parlé et qui ne le quitte pas depuis la veille, le remplace à la croisée et vise aussi tranquillement que lui.

« C'était un spectacle étrange et terrible, écrivait plus tard un officier prussien, que celui de ces deux hommes : ils paraissent seuls tenir tête à nos colonnes profondes ! Nous voyons tomber les nôtres ; la rage nous emporte ; de nos rangs on dirige sur eux une fusillade furieuse ; à chaque décharge on les croit frappés à mort, et, lorsque le nuage de poussière et de fumée se dissipe, on les aperçoit encore, tête nue, qui continuent à décharger leurs armes avec autant de régularité qu'à la manœuvre ; ils semblent invulnérables. Il y a un dieu pour les braves ! »

XXXVII

Cependant une balle frappe la muraille, un morceau de pierre en jaillit et atteint Ernest Baroche près de la tempe droite. Il est aveuglé par le sang. Alors, comme il ne peut plus prendre une part active au combat, il songe à remplir un autre devoir : rassurer ses hommes, leur conseiller de tenir encore, leur faire espérer un renfort que, depuis la veille, il n'espère plus, s'entendre avec le commandant Brasseur, les capitaines Bouet et Ozou de Verrie. Il abandonne cette chambre dont les murs crevassés, sanglants, témoignent de sa sublime intrépidité ; il descend l'escalier du pavillon, il entre dans l'étroit passage, il fait quelques pas à découvert.

Tout à coup on le voit chanceler, puis tomber en avant ; une balle l'a frappé au cœur.

Alors, le mobile, qui l'a suivi dans le passage, se baisse, se met à genoux devant lui, entr'ouvre ses vêtements, constate qu'il est mort, se relève, et, debout devant le corps de son commandant, comme s'il voulait encore le défendre, il charge tranquillement son fusil, vise les Prussiens et tire.

Une grêle de balles lui répond. Il tombe foudroyé.

XXXVIII

Mathilde, réfugiée dans Paris, s'était empressée de transformer en ambulance l'hôtel de son père ; non seulement les bureaux furent affectés à cette œuvre bienfaisante, mais aussi les salons de réception et jusqu'aux appartements particuliers.

Les domestiques de M. d'Auvray servaient d'infirmiers. Mais Mathilde n'avait voulu confier à personne le soin de veiller sur ses blessés. Au bras de Virginie, elle les visitait plusieurs fois par jour, causait avec eux, donnait de l'espoir aux plus malades, promettait aux pauvres de s'occuper d'eux après leur guérison, et souvent on la vit mettre elle-même un bandage sur quelque bras meurtri, sur quelque plaie sanglante.

De son côté, le banquier ne restait pas inoccupé . Il [s'empressait de faire, à prix d'or, des provisions, pour que l'ambulance de sa fille ne manquât ni de vivres, si le siège se prolongeait, ni de feu au moment des grands froids.

Quant à Duvallon, en sa qualité de mari d'une jeune et jolie femme, il avait mis de l'amour-propre à faire son service aux remparts. Dans sa vareuse et ses grandes bottes, avec sa moustache qu'il avait laissée pousser et dont il retroussait militairement les poils gris, ayant aux coins des lèvres sa chère Ernestine qu'il ne quittait plus, il ne manquait pas d'un certain cachet, et Virginie, à qui l'on demandait un jour l'âge de son mari, s'oublia jusqu'à répondre : « Trente ans, depuis le siège. »

Lorsque le peintre n'avait aucune garde à monter, il remplissait d'utiles fonctions dans l'ambulance de ses amis : elles consistaient à recueillir les blessés qui rentraient dans Paris, après un combat d'avant-postes, et à les faire porter rue de la Chaussée-d'Antin.

Aussi, à la première nouvelle de la bataille du Bourget, Duvallon monta dans la voiture que d'Auvray avait affectée au service des malades, et, accompagné d'un chirurgien, essaya de se diriger vers Saint-Denis.

De tous côtés circulaient les bruits les plus graves, mais, en même temps, les plus contradictoires : les uns parlaient de victoire, les autres de défaite ; on annonçait la mort d'un officier, on la démentait une heure après ; quant aux simples soldats, personne ne pouvait dire les noms des morts ou des prisonniers. On était d'accord sur un seul point : les mobiles du 12e bataillon de la Seine avaient pris part à la bataille, et, victimes de leur courage, ils avaient été décimés.

Cette dernière nouvelle bouleversa Duvallon. Marcel Berthier, son élève, avait-il succombé ? vivait-il encore ?

Descendu de voiture, debout sur la route, il ne se lassait pas d'interroger tous ceux qui semblaient revenir du théâtre de cette action meurtrière. Il cherchait avidement quelque blessé qu'il aurait pu secourir et dont il aurait obtenu de précieux renseignements. Mais l'ennemi ne rendait pas les blessés du Bourget ; il les dirigeait déjà sur ses ambulances et sur l'Allemagne.

XXXIX

Cependant, le dimanche 30 octobre, vers trois heures de l'après-midi, on vit apparaître, sur divers points, des hommes isolés qui, s'étant jetés dans la campagne, au moment où les Prussiens s'emparaient du village, étaient parvenus à se traîner de buisson en buisson, à s'abriter derrière des arbres et des pans de murs, et regagnaient Paris.

Un de ces hommes fut aperçu de Duvallon, qui courut à lui. C'était un mobile du 12e. Il était sans armes, nu-tête, et son bras gauche, tout ensanglanté, pendait le long de son corps. Le peintre l'entraîna vers sa voiture, l'y fit monter, et, après lui avoir donné les premiers soins, voulut le faire parler.

Le soldat s'y refusa. Il avait la fièvre, ses dents claquaient. Il regardait son compagnon avec des yeux hagards. Par humanité et par intérêt, il fallait d'abord soigner cet homme, si l'on voulait obtenir de lui quelques renseignements. Duvallon le comprit et donna l'ordre au cocher de se diriger rapidement vers l'ambulance de la Chaussée-d'Antin.

XL

Lorsqu'il rejoignit Mathilde, elle était inquiète, agitée, fiévreuse. Elle avait connaissance, elle aussi, de la dernière affaire du Bourget, et elle n'ignorait pas que le bataillon de son mari y avait pris part.

— Que savez-vous de lui? s'écria-t-elle, dès qu'elle vit Duvallon.

— Rien encore, répondit le peintre, mais ce malheureux, ajouta-t-il en désignant le soldat blessé, qu'on transportait dans un salon du rez-de-chaussée, nous renseignera sans doute dès qu'il pourra parler; faites-lui donner un peu de nourriture et un lit; il souffre, je crois, surtout de la fatigue et de la faim, et à son réveil nous l'interrogerons.

On suivit à la lettre ces instructions, et, quelques heures après, le pauvre combattant du Bourget, en sortant d'un sommeil qu'il avait bien gagné, aperçut près de son lit Mathilde et Virginie. Elles lui prirent doucement les mains, lui dirent qu'il était chez des amis, et que sa blessure n'avait aucune gravité. Puis, elles le prièrent doucement de leur raconter cette horrible bataille à laquelle il venait d'assister.

Le soldat, à la vue de ces deux charmantes femmes si désireuses de l'écouter, et de quelques blessés qui, dans les lits voisins, relevaient la tête et prêtaient déjà l'oreille, se sentit tout fier de son importance, se redressa et dit ce qu'il avait souffert pendant ces trois glorieuses journées du Bourget.

M. d'Auvray ne put cacher un mouvement de joie : sa fille lui restait

Peu à peu, sa voix faible d'abord, devint plus forte, ses yeux s'animè-
rent, il faisait des gestes expressifs, on aurait dit qu'il se battait encore. Il
ne racontait pas le combat, il semblait le vivre.

XLI

Duvallon et d'Auvray s'étaient approchés; les convalescents avaient quitté leurs salles et faisaient cercle autour du soldat.

Il parlait toujours.

Les divers épisodes de la bataille lui revenaient à l'esprit, mais l'un d'eux l'avait surtout frappé : deux hommes, les habits déchirés, la poitrine découverte, le visage ensanglanté, debout à une croisée et tenant tête à toute une horde de Prussiens qui les menaçaient et tiraient sur eux. Ils avaient un tel sang-froid, ils étaient si intrépides, si beaux, que tout en se battant il les avait longtemps suivis des yeux. Puis il les avait vus descendre dans un étroit passage, et tout à coup, ils étaient tombés morts.

— Quels sont les noms de ces héros? demanda Duvallon. Les connaissez-vous?

— Oh! oui, fit le mobile, et je ne les oublierai jamais! L'un était mon commandant, Ernest Baroche.

— Et l'autre? demandèrent plusieurs voix.

— L'autre nous avait rejoints depuis quelques jours seulement au bataillon. Il s'appelait Marcel Berthier.

Mathilde poussa un cri, puis chancela et tomba par terre.

Alors il se fit un grand mouvement dans le salon. Les malades crurent que leur sœur de charité était morte, et comme ils l'adoraient, les uns, les plus souffrants, ceux que la fièvre avait affaiblis, se mirent à pleurer; les autres quittèrent leurs lits de repos et se traînèrent vers Mathilde pour la voir une dernière fois.

Mais une heure après, revenue d'un long évanouissement, Mme Berthier, appuyée au bras de Virginie, parcourait les salles de l'ambulance et reprenait son service auprès de ses blessés.

XLII

Après la guerre, M. d'Auvray est parti pour les États-Unis. Il voyage en ce moment avec sa fille dans les provinces de l'Ouest.

Reviendra-t-il un jour en France? Ses amis l'ignorent. En tout cas, il n'habitera plus Maisons-Laffitte. Sa villa qui commandait la Seine, après avoir servi de poste d'observation aux Prussiens, a été entièrement ravagée par eux. Quant au parc, M. d'Auvray a donné, d'Amérique, l'ordre de le vendre : les belles pelouses ont été converties en prairies et les bois, si chers à Duvallon, viennent d'être coupés.

Le peintre et sa femme se rendent souvent à Maisons-Laffite, mais ils n'entrent plus dans la colonie. Ils se dirigent, en sortant de la station, vers le cimetière, et s'agenouillent devant une tombe sur laquelle Mathilde, en quittant la France, leur a fait jurer de veiller.

FIN.